à ma famille,
à mes amis,
à ceux qui cherchent le grand amour,
à ceux qui aiment prendre le temps de rêver.

Un mot particulier pour mes premiers lecteurs qui ont eu confiance en moi et m'ont suivi dans cette aventure extraordinaire.
Sans vous, sans vos commentaires et tous vos mots d'encouragement je n'aurai pas été aussi loin dans ce projet.

Merci.

FLORIAN

FLORIAN PARENT

Retrouve-moi ce soir

(le rêve de Lior et Julian)

Prologue
Quand tout a commencé

Le 17 novembre 2019, la Chine est touchée par une nouvelle maladie qui ne tarde pas à conquérir le monde entier. Quelques mois plus tard, l'Europe et les États-Unis lancent à leur tour les premières vagues de confinement pour tenter de maîtriser la propagation de ce virus. À San Francisco, après l'annonce de mise en quarantaine par les autorités, Lior et ses amis prennent la décision de quitter la ville dans la nuit, sans savoir combien de temps allaient durer les nouvelles restrictions de mobilité.

Tout le monde s'en souviendra. Un événement inattendu auquel personne n'était préparé et qui a marqué à jamais le monde entier. Certains sont restés chez eux, d'autres ont quitté leurs appartements et leurs maisons. Certains ont dû s'adapter afin de pouvoir continuer à travailler, tandis que d'autres ont vécu des situations professionnelles plus compliquées. La créativité sous toutes ses formes a quant à elle explosé. La remise en question a permis à de nombreuses réflexions de mûrir et a nourri toutes les discussions. Chacun a vécu une histoire unique avec ce confinement.

Voici celle de Lior et Julian.

PREMIÈRE PARTIE

LAKE TAHOE, CALIFORNIE

AVRIL 2020

Chapitre 1
Le colis

Comme tous les matins, Lior repoussa l'alarme de son iPhone de neuf minutes. Il attendait toujours 7:55 pour sortir du lit en catastrophe, faire son sport et se préparer à télé-travailler. Cela faisait maintenant trois semaines que la Californie et le reste du monde s'étaient confinés. Le seul moyen de défense face à ce virus encore très peu connu. En sortant de la douche, Lior se prépara un petit-déjeuner copieux comme chaque matin : des pancakes, une banane, un jus d'orange frais, un grand café et un shaker de protéines vegan. Le matin, il aimait prendre le temps de se faire plaisir. Il s'installa avec son assiette et sa grande tasse à café dans le bureau à l'étage et alluma son ordinateur. Il avait déjà 27 e-mails non lus.

Lior était originaire de Santa Cruz, une petite ville de Californie au sud de San Francisco. Il avait vécu toute son enfance et adolescence là-bas. À la fin de ses études à UCSC - *University of California – Santa Cruz*, il avait décroché un job chez Amazon à Seattle. Une opportunité en or pour ce jeune garçon issu d'une famille juive assez modeste. Sans regarder derrière lui, il partit donc à 22 ans à la conquête de l'état de Washington. C'était la première fois qu'il quittait la Californie. Par la suite, connaissant une évolution très rapide dans son entreprise, il put vite se permettre de partir à la découverte du reste du monde. Il était passionné par les voyages, les cultures et langues étrangères.

Si vous demandiez à ses amis, tous vous diraient que Lior est un garçon dynamique, drôle et gentil. Les mères de ses amis vous affirmeraient même qu'il est le gendre idéal. Et pourtant, malgré une envie folle de tomber amoureux, Lior était toujours célibataire.

31 ans, célibataire à San Francisco en 2020, cela n'a rien de très surprenant. Depuis des années maintenant, les codes des rencontres sont chamboulés. L'instantané comme nouveau credo, l'accélération de notre rythme de vie et de la consommation, ont également joué sur notre consommation de l'amour. Lior faisait partie de cette génération connectée, qui *swipe* à gauche ou à droite à la recherche du prince charmant.

Lior a connu, bien sûr, quelques histoires amoureuses sérieuses. Notamment avec son ex, David. Sa deuxième relation la plus longue. Une histoire de trois ans, avec ses hauts et ses bas, mais pour qui la passion s'est éteinte trop rapidement. Alors, depuis quelque temps, il a entrepris la recherche d'un idéal. Un idéal tout droit sorti des comédies romantiques qu'il regarde depuis tout petit. Un idéal et sa rencontre idéale. Le coup de foudre et ces fameux papillons dans le ventre. Il y croit, à chaque fois qu'il rencontre quelqu'un ou qu'il discute avec un nouveau *match*. Mais vu que ça n'arrive pas tous les jours, entre deux *swipes* Lior s'autorise, comme toute personne de sa génération, des idéaux sans lendemain.

Nous sommes le 17 mars 2020. À la veille de la déclaration totale du confinement par Gavin Newsom, le gouverneur de Californie, Lior et quatre de ses amis de San Francisco décident de partir ensemble et de se retrouver dans la maison de famille de l'un d'eux, George, au lac Tahoe. Une spacieuse et luxueuse maison en bois, au pied des arbres, avec une vue imprenable sur le lac.

George est le meilleur ami de Lior. George et Lior se sont rencontrés il y a quatre ans à une soirée organisée par des amis en communs dans un appartement. Lior n'aimait pas trop se rendre aux soirées où il connaissait peu de monde. Mais bon, c'était l'occasion de discuter avec de nouvelles personnes, en dehors des applications. Alors que tout le monde dansait dans le salon, Lior était sorti pour fumer une clope sur le balcon. Il avait, comme on dit, la cigarette sociale en soirée et c'est là qu'il rencontra George. Au bout de quelques minutes seulement à discuter, c'était comme s'il n'y avait plus eu personne autour d'eux. Ils rigolaient tellement ensemble, ils étaient sur la même longueur d'onde. On aurait pensé qu'ils se connaissaient depuis toujours. Un coup de foudre amical. Depuis ce soir-là ils ne s'étaient plus quittés. Ils faisaient tout ensemble. Même parfois, juste être ensemble à ne rien faire leur suffisait. Les fous rires et les coups durs, c'était toujours l'un avec l'autre qu'ils voulaient les partager. Ils avaient deux personnalités totalement différentes mais pour autant très complémentaires. Quand on les voyait, on avait envie de faire partie de leur duo. Ils étaient comme deux frères.

George était originaire de San Francisco. Il ne travaillait pas, la situation très confortable de sa famille l'en dispensait. Dans la maison près du lac, il passait ses matinées à lire des romans sur son iPad au lit avec Camille, son petit ami. George et Camille s'étaient rencontrés à Paris six mois auparavant, et Camille avait tout de suite décidé de venir s'installer à San Francisco. À défaut de travailler, George se prêtait au jeu de l'hôte parfait. Il attendait bien entendu de recevoir de nombreux compliments en retour (ce, à longueur de journée) de la part de ses amis. Chaque midi, George attendait Lior, Nath, Taylor et Camille dans la grande salle à manger où il dressait toujours une belle table. George avait le don de réaliser d'excellents mets. « Tout est dans l'assaisonnement » disait-il. Ce confinement poussait les gens à apprécier les choses simples, le strict minimum. Et un bon repas entre amis faisait figure de saint graal.

Ce repas du midi, c'était l'occasion pour nos cinq amis de se raconter leur matinée à tour de rôle. Un rituel qu'ils avaient mis en place pour maintenir de l'animation pendant ces longues semaines de confinement. Le plus souvent c'était Taylor, le coach de sport de la bande, qui animait la conversation. Il aimait montrer au groupe le nombre impressionnant de DM qu'il recevait après ses sessions de live coaching. Il partageait sans état d'âme les photos que certains de ses élèves lui envoyaient post entraînement. Des photos hautement dénudées bien entendu, pour le remercier et lui montrer les premiers résultats observables sur leurs corps déjà bien sculptés. C'était bien sûr cette partie-là qui intéressait le plus les cinq amis. Ce jour-là, Nath, un ami de longue date de Lior avec qui il travaillait, expliqua qu'il ne supportait plus de travailler pour un grand groupe et que le confinement commençait vraiment à lui peser. C'était sûr, pour Nath une fois le confinement et la crise qui en découlerait passés, il monterait sa propre boîte. Alors que George s'apprêtait à servir le dessert, son excellent cheesecake au coulis de fruits rouges, Lior qui ne disait plus rien depuis un moment, brisa le silence et raconta à ses amis :

- Les gars, faut…faut trop que je vous raconte un truc qui m'est arrivé cette nuit. J'ai fait un rêve trop trop bizarre, dans le genre beaucoup trop réaliste, lança Lior avec un peu d'hésitation.

On pouvait sentir que Lior se retenait de leur raconter cette histoire depuis le début du repas. Il avait eu le courage de se lancer. Il se mit à parler avec beaucoup d'émotion. Ses amis sourirent et l'écoutèrent avec attention, attendant déjà les détails croustillants.

- Alors, j'allais récupérer un colis que j'avais commandé sur internet dans un magasin en bas de chez moi. J'arrive devant le magasin, ils étaient en train de fermer les grilles. Là, j'avance vers l'entrée et je parle au vendeur qui me laisse quand même passer, je pense qu'il pensait que je venais faire une petite course de dernière minute. Une fois à l'intérieur, je vais directement vers les caisses pour récupérer mon paquet. Je sors mon téléphone de mon sac pour montrer le QR code et là, le vendeur du magasin, qui avait l'air gêné, s'excuse et m'explique qu'il est trop tard pour récupérer un colis. J'insiste, je lui dis que c'est très important car c'est un cadeau pour un anniversaire où je vais le soir-même et que je peux pas y aller sans. Le vendeur me répond, d'un air maintenant agacé, que ce n'est vraiment pas possible, et me laisse là et s'en va.

- Bon Lior on te connaît, tu veux pas un peu accélérer sur les détails ? le coupe George.

Lior avait cette tendance à raconter trop en détails ses histoires.

- Oui oui je sais, mais c'est franchement hyper important George. Bref bon je fais vite. Donc je suis face au vendeur et là, un de ses collègues se dirige vers nous. Même de loin, franchement, on pouvait clairement voir qu'il avait pas l'air commode. Il avait un regard hyper froid. Je m'attendais à ce qu'il me demande de sortir du magasin, mais là (il marqua une courte pause) face à moi (une seconde, pour entretenir l'excitation de ses amis) le nouveau vendeur hésite un instant et dit à son collègue qu'il va gérer la situation. Son collègue nous laisse en marmonnant dans sa barbe.

Lior commençait à sourire tout en racontant son histoire. Il se souvenait du visage du vendeur. Il ferma les yeux une seconde puis reprit.

- Et là le vendeur me regarde. Il me demande mon nom et le numéro de mon colis. Je lui tends mon téléphone et ma carte d'identité qu'il prend en photo. Il me dit qu'il va faire le nécessaire et me demande de le retrouver derrière le magasin sur le parking des employés d'ici vingt minutes…

- Ah enfin un peu d'action, et alors il était comment ce vendeur ? demande Taylor, physiquement hein je parle ?

Lior répondit sans lâcher son sourire.

- Baaaah ... c'était un grand mec, brun, il devait faire 1 mètre 80 je dirais, il était un peu plus grand que moi en tout cas. Il avait les cheveux très courts, une barbe un peu grisonnante, trop mignon quoi. Un mec classique en soit. Mais ce qui m'a le plus marqué, c'est son sourire. Vous vous rendez-compte ! Même dans mon rêve, je me souviens de son grand sourire ! Il avait un air froid c'est vrai mais il avait ce sourire de dingue. Le genre de sourire qui te fait directement sourire aussi. C'est au moment où il m'a demandé mon téléphone d'ailleurs et mon ID que son sourire l'a trahi. J'ai compris à ce moment précis que son air dur et froid était une façade et qu'une personnalité bien plus sympa se cachait derrière. Bref, du coup comme prévu, je sors du magasin pour aller sur le parking. Je l'attends et là, vingt minutes plus tard je le vois sortir. Il avait changé sa tenue de travail verte et blanche contre un jean, un t-shirt et une paire de sneakers. Il tenait mon colis sous le bras, le cadeau en question et son casque à vélo dans la main. Il s'approche de moi en regardant le sol. Il tourne la tête à droite, à gauche, avant de regarder en face de lui pour me fixer dans les yeux. À cet instant précis, c'est comme si je me connectais à lui.

Personne n'avait touché à son dessert. Ses amis l'écoutaient bouche bée.

- C'est un mec que tu connais ? Tu te souviens l'avoir déjà vu quelque part ? Au magasin justement ou ailleurs ? demanda Nath intrigué par l'histoire de Lior mais tentant de cacher son excitation.

- Son visage me dit vaguement quelque chose je crois. Je l'ai peut-être déjà croisé, mais je suis vraiment pas sûr, je confonds je pense. Enfin bref, laisse-moi reprendre l'histoire, coupa net Lior qui était très excité de revivre son rêve. Donc, il est là, face à moi et il me dit que j'ai de la chance qu'il m'ait entendu. Il m'explique que son collègue ne mettait pas de mauvaise volonté et qu'il est vraiment impossible de sortir un colis à cette heure-ci. Enfin impossible, si on respecte les règles. Il me détaille comment il l'a sorti discrètement de la réserve, pris une photo du code barre qu'il scannera demain matin en arrivant au travail. Pour rendre du coup officielle la sortie de leur stock dans leur système, vous me suivez ou pas ? (Il sentait qu'il se perdait dans les détails, mais en même temps ne voulait rater aucune seconde de son propre rêve). Bref, il me tend mon paquet. À cet instant, nos doigts se frôlent et je ressens une décharge électrique se propager dans tout mon bras. C'était ouf. Je la ressens encore la quand je vous parle, regarde Nath j'ai des frissons. Je le remercie et lui dis que je suis très gêné, mais que je dois malheureusement partir, car je suis attendu à l'anniversaire en question. En vrai, j'ai pas du tout envie de partir. J'aimerais trop rester, avec lui, et lui offrir un verre, pour le remercier. Mais j'ai pas le choix c'est l'anniversaire surprise de Lucy et c'est Stella qui l'organise chez elle et c'est moi qui apporte le cadeau auquel tout le monde a participé. Et de toute façon au fond de moi c'est une très bonne excuse, car j'ai peur. Une peur trop bizarre. Une peur que je ne reconnais pas, que je ne connais plus, en fait. La peur de ne pas contrôler. La peur de l'imprévu. La peur d'une rencontre dans la vraie vie quoi.

Il s'arrêta quelques secondes, pensif, et reprit son histoire, l'air un peu triste.

- Du coup, un peu lâche, je le remercie et m'en vais prendre mon Uber. Dans la voiture, je pose le cadeau et je sors mon téléphone. Et là, trente secondes à peine même pas je reçois une notification sur Insta : « Nouveau message de J. ». Je swipe pour découvrir ces mots :

«Bon anniversaire à ta pote, passe une bonne soirée».

- Whatttt ? Et après ? demandèrent en même temps Nath, George, Taylor et même Camille qui avait décidé d'arrêter de faire défiler les photos de son

Instagram pour suivre la nouvelle romance de l'été, la « love story de Lior ».

- Bah après heu… bah qu'est ce que vous voulez que je vous dise ! Bah comme tous les rêves, mon réveil a sonné ! J'ai essayé de me rendormir en me disant que j'allais arriver à retourner dedans, mais impossible. Fin de l'histoire.

Lior avait un petit sourire au coin des lèvres bien que raconter cette histoire lui fasse un pincement au cœur. Les amis eux, amusés, mais très déçus qu'il n'y ait pas de suite furent alors coupés par George.

- Heu les gars, il est 14 h 10, vous devez pas retourner bosser ? remarqua George à ses amis.

Le reste de l'après-midi fut, comme d'habitude, occupé par des heures de réunions et de fichiers Excel pour Lior et Nath, de cours Zoom et de Live Instagram pour Taylor (très certainement agrémentés de *stories* un peu plus chaudes en privé avec certains de ses « élèves ») et de la détente pour George et Camille, qui partirent se balader autour du lac.

En fin de journée, les amis se retrouvèrent comme chaque soir autour d'un petit apéritif à jouer au Monopoly sur le ponton face au lac, les pieds dans l'eau. En descendant de la maison par un petit escalier en bois blanc accessible depuis le salon, on pouvait arriver sur une grande terrasse qui dominait le lac. Au bout de la terrasse se trouvait ce fameux ponton en bois. Les parents de George étaient architectes. Ils avaient réussi à concilier design et authenticité pour cette résidence secondaire, afin de s'intégrer au mieux dans le monde sauvage qui l'entourait. Ce soir-là, après un bœuf bourguignon, une spécialité française cuisinée par

George épaulé des conseils de Camille, tous partirent se coucher le ventre bien rempli.

Lior s'enferma dans sa chambre. « Cette troisième semaine va être très longue », pensa-t-il à voix haute, tout en retirant son jean et son t-shirt pour se mettre au lit. Il consulta rapidement son téléphone et répondit à quelques messages en attente de ses amis restés à San Francisco. Beaucoup d'entre eux étaient seuls, il prenait le temps d'être là pour eux. Il posa son téléphone sur la table de chevet et éteignit la lumière. Comme chaque nuit depuis tout petit, il avait pour habitude de faire défiler sa journée dans sa tête pour se bercer et s'endormir. Il repensa à cette histoire et ce rêve fou qu'il avait partagé à ses amis le midi. Cela l'amusait. Secrètement, il était heureux d'avoir fait ce rêve et il espérait qu'une histoire pareille lui arrive un jour.

Alors qu'il fermait doucement les yeux, il n'imaginait pas une seconde l'histoire dans laquelle il venait de se lancer.

Chapitre 2
La randonnée

Quatre jours s'étaient écoulés et le week-end était enfin arrivé au Lake Tahoe. Ce samedi, les amis de la maison du lac décidèrent d'entreprendre une longue balade dans les montagnes afin de profiter du beau temps. Pas de distance à respecter, ni de gestes barrières, ils seraient seuls, perdus dans cette immense nature. Ils étaient conscients de la chance qu'ils avaient de ne pas être enfermés en ville.

C'était Nath qui était à l'initiative de cette sortie. Nath et Lior s'étaient rencontrés chez Amazon et passaient depuis la plupart de leur temps ensemble. Ils étaient arrivés en même temps en stage de fin d'études là-bas. Nath lui était issu d'une famille d'immigrés Libanais plutôt aisée. Il aimait les belles choses. Il avait un goût très prononcé pour le Luxe dans divers domaines, en particulier culinaire, voyages et mode. Il fit découvrir ce monde à Lior, qui y prit rapidement goût. Après cinq ans chez Amazon, ils décidèrent ensemble de partir s'installer à San Francisco. Ils avaient négocié la possibilité de travailler à distance et de faire des allers-retours réguliers entre leur nouvelle ville et Seattle. Nath avait eu un *crush* secret pour Lior leurs premières années passées à travailler ensemble. Il ne lui avait jamais dit, mais Lior s'en doutait. Leur amitié en était parfois un peu électrique. Nath était très jaloux des aventures de Lior et critiquait souvent son choix de petits-amis. Mais dans le fond, il ne voulait que son bonheur.

Quand Nath eut l'idée de la randonnée, il était évident que Taylor devait être leur guide. Taylor était un coach de sport en tous genres. C'était le coach de Nath, George et Lior. Taylor passait ses matinées dehors devant la maison à faire ses séances de sport en live sur Instagram. Lior et Taylor avaient eu une aventure quelques années auparavant après sa première séance de cours particulier. Une séance qui avait dérapé dans les vestiaires. Mais, comme beaucoup de relations « *one shot* », celle-ci s'était finalement transformée en amitié. Taylor était hyperactif. Il avait un besoin vital d'être toujours en activité et de se dépenser. Peut-être un peu trop parfois. Son énergie débordante pouvait aussi être épuisante pour ceux qui l'entouraient. Mais il fallait admettre qu'il avait ce don de faire jaillir hors des gens le meilleur d'eux-mêmes et de les pousser à se dépasser.

Comme on pouvait l'anticiper, George le super hôte de la maison avait préparé des sandwichs et des sacs de pique-nique pour tout le monde. Ce samedi, vers 11h (Camille trainant toujours un peu, cela retarda leur départ), après une petite heure de route pour monter au point de randonnée, le groupe démarra la piste de 13km sélectionnée par Taylor. L'avantage de partir en confinement avec un professeur de sport, c'est de pouvoir rester motivé et de ne pas sombrer dans le *binge-watching* sur Netflix. Jamais Camille ne se serait embarqué dans une balade en forêt si Taylor ne l'avait pas séduit avec ses quelques phrases en français niveau lycée sur les bienfaits pour le corps et l'esprit d'une balade en forêt. Malgré quelques ras-le-bol au bout de trois heures de marche de la part de Lior (et par ras-le-bol il faut entendre « *fuck* »), la balade fût un franc succès. Les couleurs froides de l'hiver semblaient s'estomper progressivement pour laisser place au contraste plus chaud du printemps. Ils étaient seuls face à cette nature imposante et apaisante. À cet instant, ils prirent conscience de la chance qu'ils avaient d'être ensemble, hors de la ville et enfermés seuls dans leurs appartements. L'évasion était devenue un luxe. Pour animer leur randonnée, le sujet principal de discussion pendant ces heures de marche : les exs, comme à chaque fois. Les « tu ferais quoi si... » ou les interminables « on peut parler de projets ? » de George. George avait cette passion pour les discussions autour de choses à planifier, de vacances ou de week-ends, d'idées de nouveaux business à lancer, de grands changements que chacun pourrait faire dans sa vie etc... Ces débats n'aboutissaient pas souvent à grand-chose, mais avaient le mérite de pouvoir alimenter des discussions pendant des heures. Idéal donc pendant cette marche.

De retour au chalet après la balade, les amis épuisés s'étaient tout de même décidés à faire la fête pour célébrer ce nouveau week-end. Ils se retrouvèrent après le dîner dans le grand salon. Ils poussèrent la table à manger pour libérer la place et créer un véritable dancefloor. Ils lancèrent la playlist ultime d'une bonne soirée entre amis. Ainsi, accompagnés de *Whitney, Michael* ou encore *Britney* (et surtout de bons Gin Tonics) les cinq amis et leurs micros improvisés (télécommandes, bouteilles vides ou claquettes) se lancèrent dans un concours de karaoké et de chorégraphies de danse dans le salon. Même Camille qui, en tant que bon français, ne connaissait pas les paroles des chansons, mima du mieux qu'il pouvait ces hits des années 80 à 2000.

Camille et George s'étaient éclipsés depuis un petit moment. En tant que seul couple de la maison, et vivant l'excitation des premiers mois, ils aimaient se retrouver seuls le soir. Rien de très surprenant, ils avaient raison de profiter. Nath, Taylor et Lior étaient, eux, sur la terrasse face au lac. Le ciel était dégagé ce soir-là, laissant admirer les étoiles qui se reflétaient sur la surface de l'eau. Les trois amis, qui oublièrent quelques instants la COVID, se passaient un joint de cannabis. Chaque inhalation les faisait s'évader un peu plus profondément dans les étoiles. Ils ne parlaient pas, ils étaient juste bien, ensemble, à contempler ce grand ciel noir. Lior, épuisé, souhaita bonne nuit à ses amis et monta se coucher.

Il ignorait que la soirée était loin d'être terminée pour lui.

Chapitre 3
L'anniversaire

- Mais t'es sérieux ? T'étais où ? T'as failli rater le début de la surprise, dit Stella en ouvrant la porte à Lior. Lucy va arriver d'une minute à l'autre, reprit-elle affolée par le retard de son ami.

- Je te raconterai, j'ai le cadeau, tiens prend mon …

- Non, non garde ton manteau, va directement dans la cuisine tout le monde est là-bas. Tu attends qu'on aille dans le salon avec Lucy et au moment où je lui dis que je vais chercher une bouteille de vin, là vous entrez tous dans le salon en criant « surprise » or whatever. Vite, va te cacher je l'entends elle monte.

Une dizaine d'amis parmi les plus proches de Lucy étaient réunis pour célébrer ses 30 ans. Lucy était née en août. Il était du coup toujours compliqué pour elle de fêter dignement son anniversaire, entre les vacances des uns et des autres. Mais elle était habituée et ne se vexait jamais. Cette année-là, car il fallait vraiment marquer le coup, Stella, sa meilleure amie, lui avait organisé un anniversaire surprise un mois avant la date fatidique. Impossible pour Lucy de se douter de ce qui l'attendait, et comme ça tous ces amis étaient encore à San Francisco.

Dans la cuisine, Lior discutait à voix basse avec Nath, George et Taylor qui étaient également invités. Lucy venait d'arriver.

- Salut, vous allez bien ? Vous avez passé une bonne journée ? Vous parlez de quoi ? demanda Lior à ses amis.

- Rien de spécial, Taylor a encore dragué un de ses élèves à la salle, regarde cette bombe ! Il n'y a que lui pour en trouver des pareils, dit George en montrant la photo sur le téléphone de Taylor et zoomant sur les abdos du garçon en question.

- Ah ouai pas mal ! Ça s'est passé comment ? Attend attend, laisse moi deviner, la classique post séance de coaching personnel dans les vestiaires ? il rigola et sourit à son ami, puis reprit un peu plus sérieux. En parlant de rencontre, putain il faut trop que je vous raconte ce qui vient de m'arriver. Histoire de fou. Je suis tombé sur un vendeur au Whole Foods Market en bas de chez moi en allant chercher le cadeau de Lucy. Je pense clairement qu'il m'a dragué. Il m'a même retrouvé sur Instagram et vient de m'envoyer un message.

- Euh, c'est un *stalker* non ? Répondit Nath, qui était déjà très certainement un peu jaloux de cette histoire.

Lior sortit son téléphone de sa poche. Alors qu'il s'apprêtait à raconter en détail ce qui s'était passé, la rencontre derrière le magasin, le sourire, le regard, et leur montrer le message, Stella lança un « J'arrive Lucy, je vais chercher une bouteille de rosé ». À ce moment-là, tous les amis débarquèrent dans le salon en criant « Surprise !!!!! ». Lucy fit un bond sur elle-même. Le temps d'une seconde elle aurait voulu partir en courant, sous l'emprise de sa peur momentanée, mais la joie la submergea rapidement.

Cela marqua le début de la soirée.

Après plusieurs verres, Lior repensa à sa rencontre avec le vendeur du Whole Foods Market et eut une envie folle de lui répondre.

Il se mit discrètement dans un coin de l'appartement, loin de ses amis, cherchant un peu de tranquillité et alluma son iPhone. Cela faisait plus de deux heures que J. lui avait écrit. Il devait certainement attendre sa réponse, ou pas. Pris par la surprise et la fête qui avait enchaîné, Lior n'avait pas encore eu le temps de répondre. Il devait faire attention au ton de sa réponse. Tout allait se jouer dans ces quelques messages. Il ne savait pas que tout était joué d'avance et que J. était en fait déjà sous son charme. Il se dit qu'il devait paraître décontracté et suffisamment intéressant afin de déclencher la conversation. Il tenta plusieurs messages. Plusieurs formulations. Mais il revenait toujours en arrière à l'aide de la flèche « supprimer » de son clavier.

Après trois tentatives il pensa « et si J. regarde depuis tout à l'heure mes petits points d'hésitation, comme quoi j'essaye d'écrire un message mais que je ne l'envoie pas ! Pour qui je vais passer moi encore … ».

Il tenta une quatrième fois, et avant d'hésiter il appuya sur envoyer. Il opta pour un message simple.
Il partit sur un style vivant, dynamique, mettant en avant sa personnalité, qu'il définissait comme plutôt agréable et drôle. Un trait d'humour complété par des remerciements, légèrement exagérés. Il ne posa pas de question tout de suite à la fin de son message.

Yes, elle n'en croyait pas ses yeux quand elle nous a tous vu débarquer dans le salon. On était à deux doigts de l'arrêt cardiaque haha Merci encore pour le cadeau tu nous as sauvé

C’était volontaire. Il voulait voir si J. avait vraiment envie de lui parler et s’il allait rebondir pour continuer la conversation.

Voici la suite de leurs échanges :

Bon Anniversaire à ta pote, passe une bonne soirée. J.

Yes, elle n'en croyait pas ses yeux quand elle nous a tous vu débarquer dans le salon. On était à deux doigts de l'arrêt cardiaque haha Merci encore pour le cadeau tu nous as sauvé

De rien, je n'ai pas pu m'empêcher de te venir en aide

comment tu m'as trouvé sur Insta ?

ta carte d'identité, j'ai tenté ton nom et
ton prénom et j'ai vite reconnu ton visage
et tes yeux sur ta photo de profil.
D'ailleurs , quitte à passer pour un
stalker, j'aime beaucoup aussi les
dimanches matins dans le canapé devant
une bonne série et des pancakes

haha oops je dévoile un peu trop ma vie
sur mon instagram. mais au moins ça te
donne un bon aperçu ;)

je préfère me faire ma propre opinion. je
suis avec des amis là, on se retrouve
plus tard après ta soirée ? pour qu'on se
fasse ce petit brunch dans ton canapé
demain matin?

retrouve moi au 79 law street, vers 1h30,
je serai rentré

J. double-cliqua sur le dernier message de Lior et un petit coeur s'y accrocha.

Cela ne lui ressemblait tellement pas de faire ça. De proposer à des inconnus de le retrouver directement chez lui. Mais Lior n'arrêtait pas de penser au regard et au sourire de J. Il était tellement content à l'idée de le revoir. Ce programme inattendu le faisait fantasmer. Comme dans un film, il ne pouvait s'empêcher de penser au fond de lui « Je suis sûr que c'est le bon ».

En attendant, Lior avait plus qu'envie de s'éclater ce soir. Il enchaîna les verres avec ses amis et se déhancha dans le salon. Il chantait (hurlait) accompagné de Stella et Lucy sur un *Wannabe* des *Spice Girls.*

Il dansait depuis un moment déjà, peut-être deux ou trois heures et commençait à avoir la tête qui tourne. Il regarda alors son téléphone. Il était déjà 1h du matin. Il allait être en retard à son rendez-vous avec J. C'est au moment de *Bonnie Tyler* et de son *Total eclipse of the heart* qu'il décida qu'il était temps de partir. Il prit discrètement son manteau, évita Nath, Taylor et George afin de ne pas être retardé. Il prit juste le temps de remercier Stella pour la soirée et tout ce qu'elle avait organisé pour leur amie. Il embrassa Lucy et lui glissa un « je te raconterai » discret à l'oreille avant de quitter la soirée. Elle souriait en le regardant attendre l'ascenseur. On pouvait lire dans son regard qu'elle avait compris qu'un homme se cachait derrière tout ça.

Il ne pouvait pas attendre. Il préféra finalement les escaliers pour aller plus vite, qu'il descendit à toute vitesse. L'alcool et l'adrénaline liés à l'excitation de son rendez-vous lui faisaient pousser des ailes. Il arriva en bas de l'appartement de Stella, son taxi l'attendait déjà. On entendait la musique jusque dans la rue. Il en avait pour moins de dix minutes de trajet pour rentrer chez lui. Il devait absolument se dépêcher de monter chez lui pour se doucher et se changer avant de retrouver J. Il monta dans le Uber.

Il était 1h05.

J. arriva comme prévu à 1h30 devant l'appartement de Lior. Il était généralement un peu en retard, mais là il ne voulait perdre aucune minute avec lui. Ce dernier avait à peine eu le temps de rentrer et de se changer qu'il redescendit lui ouvrir la porte. Le digicode de son immeuble ne fonctionnait plus depuis des années. Cela lui permit de gagner quelques minutes supplémentaires pour se coiffer. J., bien éduqué, avait ramené une bouteille de vin et de l'aspirine. Lior ouvrit la porte amenant à son appartement, marcha jusqu'à la grille donnant sur la rue. J. était face à lui. Encore plus beau que quelques heures auparavant sur le parking où il l'avait laissé.

- Je savais pas ce qui te ferait le plus plaisir après ta soirée, lui dit-il en souriant et lui tendant la bouteille de vin et le paquet d'Advil.

Lior était très touché par cette attention et cette touche d'humour. C'est un très bon signe se dit-il. Il l'invita à entrer dans son immeuble. Ils prirent l'escalier pour monter chez lui. J. entra dans son appartement. Lior avait un goût très prononcé pour la décoration d'intérieur. On pouvait voir que tout avait été choisi méticuleusement. L'appartement était chaleureux, coloré dans les tons bleu nuit et vert émeraude, mélangeant un style de meubles à la fois modernes et vintages. Il suivit Lior et s'avança dans le couloir menant au salon.

- Au fait, tu t'appelles comment ? demanda Lior d'une voix assez embarrassée. Il n'avait vraiment pas l'habitude de recevoir des inconnus chez lui. Même si J. n'était pas vraiment un inconnu.

- Ha ha, je m'appelle Julian, re-echanté.

Ils se regardaient les yeux dans les yeux de façon intense. Même s'ils avaient certainement très envie de discuter et d'apprendre à se connaître, l'heure très tardive et l'alcool prirent le contrôle des événements.

Lior connaissait son prénom, le reste pourrait attendre demain.

À cet instant, il avait juste très envie de lui.

Lior se réveilla très tôt le lendemain, malgré l'alcool de la veille et sa gueule de bois. Il se dirigea vers la salle de bain pour prendre un verre d'eau. Il était assoiffé. Tout le monde dormait encore dans la maison. Il devait être 5h ou 6h du matin. Son rêve était encore très frais dans sa tête. Il pouvait encore voir le visage de Julian. Tous les détails lui revenaient les uns après les autres avec une précision digne du réel. Il mourrait d'envie d'aller réveiller George et les autres pour leur raconter qu'il avait réussi à nouveau à rêver de cette personne fictive que son cerveau avait imaginé quelques jours auparavant. Et que cette personne s'appelait maintenant Julian. S'auto-raisonnant en s'écoutant parler à haute voix, il laissa ses amis dormir, bu son verre et retourna finalement se recoucher.

Le soleil était à peine levé qu'il se réveilla à nouveau aussitôt.

- T'as bien dormi ? lui demanda Julian qui était allongé nu à côté de lui.

Un instant Lior ne savait plus où il se trouvait. Ce passage éclair entre la réalité et le rêve était du moins perturbant. Julian avait pour habitude de s'endormir en plaçant son bras sous l'oreiller de son amant. Ainsi, il ne touchait pas directement la tête de son amant mais pouvait ressentir la chaleur de son corps à travers le coussin. C'était comme le tenir dans ses bras. Julian ne restait jamais dormir chez ses dates, Lior non plus d'ailleurs. Sans le savoir ils avaient ce point en commun. Julian aurait dû rentrer chez lui, mais ce soir-là avec Lior c'était différent. Depuis le moment où il l'avait entendu parler dans le magasin et où il avait vu son visage, Julian avait ressenti quelque chose au fond de lui. On entend souvent que l'amour est chimique, eh bien là, clairement, quelque chose s'était déclenché au premier contact avec Lior.

- J'attends tes pancakes, dit Julian avec un sourire charmeur, mais je préfère qu'on les prenne ensemble au lit sous la couette avec Netflix et tes bras.

- Ça peut s'arranger. Ne bouge pas je vais te préparer tout ça. Tiens prends ma tablette, je te laisse choisir ce que tu veux regarder j'en ai pour à peine dix minutes.

Lior se leva, enfila son boxer et se dirigea vers la cuisine. Il connaissait par cœur la recette de pancakes de sa maman. Elle lui faisait son petit-déjeuner tous les matins et les pancakes étaient toujours au menu.

1 œuf, du sucre blanc, 150g de farine, 1 cuillère de levure et 200ml de lait.

À la force du poignet il mélangea les ingrédients afin d'obtenir une texture liquide. Il fit cuir les premiers pancakes dont l'odeur envahit rapidement l'appartement. Julian souriait en sentant le doux parfum sucré de sa cuisine arriver jusqu'à la chambre.

Lior retourna au lit avec le petit-déjeuner sur un grand plateau en bois. Il avait préparé quelques fruits pour accompagner les pancakes et deux verres de jus d'oranges pressées.

- Je savais pas si tu prenais du café ou du thé mais j'ai lancé du café au cas où. Et je peux descendre acheter du thé si tu préfères.

Lior ne pouvait s'empêcher de sourire en parlant à Julian. Julian avait ce regard si intense. De grands yeux marrons avec de longs cils. Quand il le regardait, c'était comme si Julian baissait sa garde et qu'il voulait que Lior le perce au grand jour. Comme s'il voulait qu'en un regard il le connaisse par cœur. Il déposa le plateau du petit-déjeuner sur le bureau en face du lit. Lior attrapa la tablette en revenant sous la couette et la posa par terre. D'un geste franc et sûr de lui, il attrapa le visage et la nuque de Julian et commença à l'embrasser.

Ce n'était pas ce matin qu'ils apprendraient à mieux se connaître, la chimie qui les reliait était trop forte pour être combattue.

Alors qu'ils s'enlaçaient, les rôles de la veille s'inversèrent, et Julian fit l'amour à Lior.

Chapitre 4
La dispute

George et Camille étaient dans le salon devant les dessins animés, buvant leurs cafés et mangeant une brioche maison préparée par George. Nath dormait encore et Taylor, lui, préparait son cours de Yoga pour hommes. En ces temps de confinement, la pratique du Yoga avait explosé. De nombreux professeurs de sport s'étaient reconvertis en professeurs de Yoga pour répondre à la demande. La recherche de bien-être, de détente, de reconnexion avec soi-même étaient au goût du jour. Il était en effet important de prendre soin de soi pour passer cette épreuve un peu extraordinaire. Et le yoga aidait.

Lior descendit dans le salon pour retrouver ses amis. Il se servit une grande tasse de café, ajouta une pointe de lait d'amande, prit une part de brioche et les rejoignit dans le salon. *La Petite Sirène* de *Walt Disney* passait en fond sur le MacBook de George. Camille avait insisté pour que George découvre le dessin animé pour la première fois en français. Camille lui apprenait les paroles de *Sous l'Océan*, chantée par le grand *Henri Salvador*. Quand George chantait, cela ressemblait plus à « soul low cyan » qu'à autre chose, mais ça faisait beaucoup rire les deux amants. Lior ne tint pas une seconde avant de raconter ses deux rêves de la veille à ses amis.

- J'ai retrouvé Julian à nouveau ! Le mec de mon rêve ! Il est revenu. C'est incroyable. Je l'ai retrouvé exactement là où on s'était quitté. Vous vous souvenez il m'envoyait un message pour me souhaiter une bonne soirée et je me suis réveillé. C'est ouf je n'y crois pas.

- Tu rigoles ! C'est vrai ? Il s'est passé quoi cette fois ? Raconte-nous tout, on veut les détails ! dit Camille avec les yeux grands ouverts.

- Alors j'étais à l'anniversaire de Lucy, là où je devais aller après avoir récupéré le cadeau au magasin. On faisait la fête et tout, George t'étais là justement, y'avait Nath et je crois Taylor aussi. Bref, il m'avait écrit un message dans le Uber vous vous souvenez ? donc je sors mon téléphone pour lui répondre. On commence à s'échanger des nouveaux messages et finalement on se donne rendez-vous chez moi. On a passé la nuit ensemble. Je me souviens de chaque détail quand on a fait l'amour. C'était hyper sensuel, hyper affectif, c'était fou, expliqua-t-il à ses amis avec un énorme sourire.

Il riait à moitié en parlant.

Comment est-ce possible ? Comment avait-t-il pu rêver deux fois d'affilée du même garçon avec une continuité dans les événements, à la manière d'un feuilleton ?

George l'écoutait d'une oreille. Il connaissait Lior par cœur. Il connaissait ses histoires et savait parfaitement analyser son excitation. Il se moqua de Lior et de son histoire, Camille quant à lui était absolument fasciné. Il sortit son téléphone et regarda sur Google la signification des rêves.

- Écoute ce que j'ai trouvé Lior « Rêver d'amour avec un homme brun : danger sérieux qui vous menace », lui lut Camille.

- Je ne crois pas à ces choses-là. Ça veut rien dire. Chacun vit ses propres rêves. Regarde les effets secondaires de l'aspirine, tu ne voudras plus en prendre de ta vie. On s'en moque sérieux de ce que dit Google, je ne risque rien à rêver, c'est juste improbable ce qui m'arrive, vous ne trouvez pas ? Et le plus fou c'est qu'au fond de moi j'ai presque envie de le revoir.

- Va faire une sieste, lui dit George sur un ton moqueur.

George avait souvent tendance avec Lior à lui rentrer dedans. Il aimait jouer un peu avec lui. Il voulait toujours avoir le dessus sur lui, et le connaissant très susceptible, il se plaisait à le faire réagir. Ça l'amusait. Mais Lior aussi avait du répondant.

- Franchement je suis à deux doigts. C'est quand même dingue, ça parait si réel. Le rêve était si réel et là, à vous en parler, c'est comme si je ne faisais plus la différence entre mon rêve et la réalité. C'est là où tu te dis qu'en fait une histoire d'amour ça peut se jouer à vraiment pas grand-chose. Mais c'est cet enchainement naturel d'événements dans la rencontre, le colis, l'arrière-boutique, le message Instagram, qui change tout par rapport à une photo vue sur un profil Grindr et un rendez-vous forcé avec une personne que l'on n'a jamais vu. Mais bon on sait tous que ça n'arrive pas, ou plus, dans la vraie vie ce type de rencontre.

- Et alors, qu'est-ce que tu as contre les rencontres via les applis ? Lucy a bien rencontré Marvin via une application ! J'ai bien rencontré Camille ! Lui lança George d'un ton sec.

- Ce n'est pas pareil, répondit Lior.

George était un peu agacé du discours de Lior et le trouvait trop dans le jugement.

- Pourquoi es-tu toujours aussi pessimiste face à l'amour Lior ? Si tu te répètes en boucle que ça n'arrivera pas, tu vas t'en persuader et je te confirme que oui, ça ne t'arrivera pas. L'amour c'est comme le bonheur. Il faut se persuader que l'on est heureux pour le devenir réellement. Il faut se fendre d'un sourire non-stop afin de faire croire à notre cerveau que tout va bien et être véritablement heureux. On n'est pas dans un conte de fées, réveille-toi, vraiment, la vraie vie c'est un travail, lui expliqua George d'un ton assez sec.

- Pour toi c'est facile, tu arrives à te mettre en couple avec le premier venu - no offense Camille - et tu arrives à donner sa chance à tout le monde. Tu construis, tu vois où ça va et si ça ne marche pas, eh bien tu recommences, sans aucun état d'âme. Mais accepte que tout le monde ne fonctionne pas comme toi. Accepte que certains marchent à l'alchimie, au vrai coup de foudre. Je n'y peux rien, moi, on m'a programmé comme ça.

- Tu te dis ça pour te protéger. Tu t'es programmé tout seul. Tu préfères te dire que ce n'est pas de ta faute, que tu fonctionnes autrement. Mais au fond tout ça ce n'est qu'un mécanisme de défense, car tu as peur de tomber amoureux, même si paradoxalement tu en rêves.

Lior croisait les bras tout en écoutant l'énième leçon de George. Ça avait toujours été un peu électrique entre

George et lui. Comme des frères qui à tour de rôle endossaient le rôle du grand frère pour faire la leçon à l'autre, mais dans le fond tout ce qu'ils voulaient c'était se protéger. Alors que George n'en avait pas fini avec son grand discours moralisateur, Taylor et Nath entrèrent dans le salon.

- Je te connais par cœur Lior, tu te comportes toujours pareil avec les mecs que tu rencontres. Tu passes des heures sur les applications, tu vois leurs profils, tu nous en parles une semaine non-stop, tu nourris plein d'espoirs. Au final tu les rencontres et après un ou deux dates pour les plus chanceux d'entre eux, tu nous expliques que tu as trouvé tel ou tel défaut et que ça ne va pas marcher. Ça fait trois ans que tu n'es plus avec David, et ça fait trois ans que c'est la même histoire. Je ne te juge pas, tu es comme mon frère je ne me permettrais pas, chacun voit les choses à sa façon, mais tu comprendras juste mon manque de patience quand je t'entends fabuler à présent sur une histoire de mec rencontré dans un rêve. J'ai peur que tu te perdes. On n'est pas dans la belle au bois au dormant, tu ne l'as pas vu au beau milieu d'un rêve ton prince charmant. Encore une fois, réveille-toi !

Lior était furieux du discours de George. Même si au fond il avait en partie raison.

- Écoute, chacun voit les choses à sa façon. Peut-être que je me perds mais au moins je crois en quelque chose de vrai et je ne me mens pas à moi-même sur ce que je cherche et pire je ne mens pas aux autres ni ne leur fais du mal.

Camille commençait à être mal à l'aise face aux propos de Lior. Que devait-il comprendre du léger venin que venait de cracher Lior au sujet de son ami ? Que George n'était peut-être pas si honnête envers lui ? Qu'il le manipulait ou jouait avec ses sentiments ? Camille avait été très clair avec George dès le début. Il était resté à San Francisco pour lui. C'est alors que Taylor intervint.

- OK....les gars on est tous fatigué, on va redescendre d'un cran là si vous voulez bien, avant de dire des choses que ni l'un ni l'autre ne pensez, essaya de calmer Taylor. C'est le confinement qui vous fait dire ça. Vous allez aller faire un tour et vous détendre.

- Pas besoin de tempérer, Taylor. Je pense que tout a été dit et que les pensées de chacun sont très claires. Camille, vient on va se balader et on va laisser Lior à ses rêveries.

George et Camille quittèrent la maison. Ils marchèrent près de deux heures. Il rassura Camille tout le long de la balade. Il lui expliqua pourquoi Lior avait dit ce qu'il avait dit et que dans le passé il n'avait pas été forcément très honnête avec ses exs. Mais que la relation qu'il avait avec Camille était différente. Que le climat dans lequel ils avançaient, si particulier, ce climat de confinement les isolant du monde, tirait d'une certaine façon le meilleur de George. Et qu'il en était heureux. Il n'avait pas les tentations de la ville ou ses démons pour l'empêcher de vivre ce qu'il voulait vivre. Et il était heureux que Camille soit resté. Camille était rassuré, celui-ci ne se faisait pas de films sur leur futur, il savait que tout se jouerait une fois de retour à San Francisco, mais qu'en attendant ils étaient ensemble.

Lior, Taylor et Nath déjeunèrent tous les trois ce midi-là. En l'absence de George, ce fut Lior qui entreprit de cuisiner pour ses amis. Il n'était pas un excellent cuisinier, mais se débrouillait suffisamment bien pour ne pas rater des pâtes et une sauce tomate maison. Les trois amis revinrent sur la discussion entre George et Lior. Nath trouvait que Lior avait été un peu loin. Lior était bien entendu d'accord. Il promit à ses amis de s'excuser au retour de Camille et George. Le confinement le fatiguait, il savait qu'ils en avaient pour encore au moins deux mois, et qu'il n'aurait pas dû s'en prendre à George pour décharger ses nerfs. Que toute cette histoire de rêve était ridicule et que dans le fond ce n'était pas le problème avec George. Il comprenait que George avait dit tout ça pour le protéger. Il quitta ses amis après le repas, les laissant faire la vaisselle, et partit dans sa chambre lire un livre. Il se repassa en boucle la conversation qu'il avait eue avec George. Ses yeux commencèrent à se fermer et il s'endormit.

Il était déjà 18h. George était dans la chambre de Lior assis sur son lit. Il le regardait dormir. Étrangement, Lior avait l'air heureux et apaisé. On aurait dit qu'il souriait dans ses rêves. Il se réveilla, sentant la présence de George. Les deux amis échangèrent un regard qui voulait tout dire. Lior s'excusa et espérait qu'il n'avait pas créé de conflit entre Camille et lui. George le rassura que non, et lui dit qu'il avait raison dans le fond. Il était vrai qu'il avait besoin de toujours être en couple, quitte à parfois faire du mal aux gens. Cependant il sentait que cette fois c'était différent avec Camille. Qu'avec le confinement il prenait les choses différemment. Il apprenait vraiment à le connaître. Il baissait sa garde et surtout n'essayait pas de trouver mieux. Et finalement, c'était sain. Lior était content pour son ami et lui dit qu'il trouvait Camille génial et qu'il était très content qu'il passe le confinement avec eux. George revint rapidement sur leur dispute. Il conclut sa pensée en lui expliquant que, au-delà de son histoire de rêve, il fallait qu'il s'ouvre plus, qu'il donne plus sa chance aux gens. Lior savait que George avait raison. Mais, malgré les conseils de George et le risque qu'il prenait, Lior rejoignit Julian en secret encore une fois.

Il était clair maintenant qu'il devrait garder son histoire d'amour pour lui s'il voulait continuer de voir Julian dans ses rêves et ses amis dans la vie.

Chapitre 5
Lâcher prise

Plus les nuits et les rêves passaient, plus le lien entre Lior et Julian devenait fort. S'ils s'étaient rencontrés dans la vraie vie, ils auraient déjà dépassé le stade des dîners romantiques, de la brosse à dents chez l'un et l'autre et de la rencontre des amis. Ils passeraient leur temps ensemble et dormiraient toujours l'un chez l'autre, la semaine partagée en deux, la moitié du temps dans l'appartement de Lior et l'autre moitié dans la colocation de Julian, à se poser secrètement la question d'un futur emménagement ensemble. Ils passeraient leurs journées à se balader, dans les parcs et les musées, à boire des cafés ou des bières en terrasse en fin de journée, et se faire des cinés. Ils commenceraient même à inventer des excuses pour décliner certaines fêtes et passer la soirée ensemble, l'un contre l'autre, devant une série avec un plat commandé sur une application de livraison à domicile. Oui, ils vivraient vraiment les plus beaux moments d'un début de relation. Mais la réalité était autre : ils ne s'étaient jamais vus, jamais touchés et Julian n'existait que dans ses rêves.

Pourtant leur relation s'intensifiait au fur et à mesure que les rêves de Lior s'enchaînaient.

Lior avait développé une forte admiration pour Julian. Julian était un artiste et un auto-entrepreneur. Son métier au magasin Whole Foods Market à quelques pas de chez Lior était temporaire et alimentaire. Il travaillait en parallèle sur son propre business, mélangeant ses passions et ses compétences de commercial. Quand ils se retrouvaient en soirée, Julian n'avait rien de l'homme froid que Lior avait pu voir lors de leur première rencontre au magasin. C'était quelqu'un d'extraverti et de drôle. Chez des amis, à une fête ou autre, même s'il ne connaissait personne, vous pouviez être sûr qu'au bout de vingt minutes tout le monde lui parlait. Lior était tellement fier d'être à ses côtés. Il était si fier de le présenter aux gens. Julian lui donnait une force et une assurance qu'il n'avait pas ressenties depuis tellement longtemps, peut-être même jamais. Julian était un peu tout ce que Lior aurait aimé être. C'est comme si Julian connaissait tous les secrets et les aspirations de Lior et qu'il en avait fait sa personnalité. C'est ce qui le rendait irrésistible à ses yeux.

Lior s'était toujours défini comme quelqu'un de traditionnel, dans tous les sens du terme. Il suivait les codes et les normes, il ne s'autorisait pas vraiment à vivre ce dont il rêvait. Sexuellement, Lior se définissait comme exclusivement actif. Non pas qu'il associait les préférences sexuelles à un niveau de masculinité ou autre, mais il n'avait jamais eu envie d'un homme autrement. Il n'avait jamais vraiment voulu s'abandonner à l'autre et lui laisser le contrôle de son corps. Avec Julian, il se découvrit. Il apprit à s'écouter et à écouter ses envies, à comprendre ses désirs et à lever le voile sur ses interdits. Il découvrit le plaisir d'être passif. Parfois il prenait Julian et parfois Julian lui faisait l'amour.

Quand Julian retourna Lior la première fois et descendit avec sa langue le long de sa colonne jusqu'à son bassin, Lior ne dit rien et le laissa faire. Il savait ce que Julian voulait. Il l'avait senti depuis un moment et s'était préparé à s'abandonner à lui. Ils n'en avaient jamais parlé avant, mais il comprenait. Même s'il n'en avait pas l'habitude, il n'avait rien envie de dire, il voulait laisser Julian satisfaire son plaisir et le sien.

Contrairement à ses a priori, Lior n'eut pas mal, au contraire, et Julian n'aurait jamais pu imaginer qu'il était sa première fois. Ce jour-là, les deux amants se firent l'amour à tour de rôle, et les yeux dans les yeux, les bras dans les bras, vinrent en même temps.

Avec Julian, Lior découvrait le plaisir de lâcher prise, le plaisir de se faire guider, le plaisir d'appartenir à l'autre.

Julian savait lui faire l'amour comme personne n'avait jamais osé. Il avait décrypté son fonctionnement, il avait compris sa façon de penser et savait comment lui apporter du plaisir tout en le mettant à l'aise et le rassurant. C'était la clé. Lior n'aurait jamais pensé autant aimer avoir Julian en lui. Il découvrait une nouvelle façon de recevoir de l'amour et était pour la première fois de sa vie très à l'aise avec l'idée. On parle de lâcher prise et de guider, mais très souvent, même quand Julian était en lui, c'était Lior qui menait la danse. Julian était très masculin, très viril. Quand Julian lui faisait l'amour, plus il le sentait en lui, plus il se sentait vivant. Il aurait voulu que Julian reste là, le sentir le pénétrer tout en le serrant fort dans ses bras.

Julian aimait surtout quand les rôles s'inversaient. Ce qui était plus souvent le cas. Au début, il se serait contenté d'être passif avec Lior. Il n'aurait jamais voulu lui faire abandonner son côté dominateur qu'il avait très vite perçu et qui l'excitait beaucoup. Il prenait énormément de plaisir à voir Lior, derrière ses airs doux et gentil, se transformer dès qu'ils s'excitaient. Si vous demandiez à ses proches, aucun de ses amis n'aurait pu imaginer ce côté de sa personnalité. Si différente de celle du Lior que l'on connaissait en société. Pourtant, quand Lior faisait l'amour, vraiment l'amour, il était un autre homme. Il avait cette assurance dont il rêvait quand il voyait Julian en soirée. Il avait ce regard dur, peut-être un peu macho, mais extrêmement excitant, comme celui qu'avait eu Julian le premier soir de leur rencontre au magasin. Il avait cette force que personne ne soupçonnait derrière son attitude douce comme un agneau et son corps sec et *fit*. Il aimait parler pendant l'amour. Il avait les mots justes, directs, qui donnaient à Julian l'envie de se soumettre à lui.

Les volontés de Lior devenaient les plaisirs de Julian.

Plus Lior avait des envies précises, plus Julian prenait du plaisir. Plus il était directif, plus il savait ce qu'il voulait pour son plaisir, plus Julian était excité et en éprouvait aussi. Quand Lior lui faisait l'amour, Julian n'avait parfois pas besoin de jouir. Lior savait lui faire prendre son plaisir, des premiers baisers jusqu'au moment où il venait en lui.

À chaque fois qu'ils faisaient l'amour, Julian et Lior restaient dans les bras l'un de l'autre pendant de longues minutes sans parler. Comme s'ils ne voulaient pas se déconnecter de ce qui venait de les lier. Comme si à chaque fois ils renforçaient un peu plus le lien qu'ils partageaient. Ce câlin après l'amour, cette tendresse, cet échange sans mots, était du ciment additionnel aux fondations de leur histoire. Ils finissaient toujours par se regarder, se sourire et se lever.

Ils pouvaient faire l'amour plusieurs fois en une journée et parfois s'abstenir pendant des jours, mais leur connexion était tellement forte que lorsque l'un voulait, l'autre suivait toujours. Ils pouvaient se contenter d'un baiser, de préliminaires ou se donner complètement, mais chaque rapport, peu importe sa nature, était toujours de plus en plus intense.

Chapitre 6
Au beau milieu d'un rêve

Comme tous les soirs, Lior partit se coucher pour continuer son idylle avec Julian. Il lui suffirait de fermer les yeux pour se transporter dans cet espace-temps parallèle à San Francisco qu'ils partageaient. Ce soir-là, nos deux amants avaient prévu de se retrouver et de passer la soirée avec des amis de Julian. Ce dernier connaissait beaucoup de monde à San Francisco dans le milieu artistique. Il avait déjà eu l'occasion d'inviter Lior plusieurs fois à des vernissages, des concerts privés et des lectures-rencontres.

Lior et Julian s'étaient donné rendez-vous dans le quartier de Dogpatch en début de soirée, à l'est du Mission District. La gentrification avait, comme beaucoup de coins en périphérie des grandes villes du monde, touché cette partie de la ville. Ce quartier historique au style industriel de San Francisco était devenu *hype* depuis plusieurs années maintenant. Pour l'anecdote, c'était l'un des seuls quartiers qui avait résisté au terrible tremblement de terre et son feu dévastateur qui avait frappé la ville de San Francisco en 1906.

La Californie qui était toujours en attente du « *Big One* ».

Julian avait donné rendez-vous à Lior à l'entrée d'une sorte de grande maison flottante qui appartenait à des amis à lui, à Serpentine, près des docks de Dogpatch. Lior ferma les yeux devant le lac Tahoe et se téléporta dans ses rêves, au point de rencontre prévu avec Julian.

- J'ai hâte que tu rencontres tout le monde, lui dit Julian avec un air et un sourire fou amoureux qu'il essayait tant bien que mal de cacher.

- Moi aussi j'ai hâte, je ne savais pas quoi apporter alors j'ai pris une bouteille de champagne j'espère que ça conviendra ? Lui répondit-il d'une voix un peu timide.

Julian sourit. Il trouvait incroyablement sexy le côté naïf de Lior.

- Ce n'était pas nécessaire, je t'avais dit, il y aura bien trop à boire et à manger crois-moi. Mais surtout ne t'en fait pas, je t'ai dit, il risque d'y avoir beaucoup de monde ce soir. Mais je serai là. Je vais te présenter à tous les gens que je connais. Ils vont t'adorer c'est sûr, ils ont hâte d'enfin te rencontrer.

Lior suivait Julian qui pénétrait dans la grande maison sur l'eau. De l'extérieur, elle semblait déjà immense. L'intérieur était complètement épuré, comme une galerie d'art, on pouvait presque s'y perdre. Il n'y avait pratiquement aucun meuble. Lior se demandait si des gens vivaient vraiment ici.

Une fois à l'intérieur, il y avait effectivement beaucoup de monde. Julian s'occupa de déposer leurs manteaux, laissant Lior avancer seul dans la pièce principale. Lior ne se sentait pas à l'aise face à des groupes d'inconnus. Il se sentait jeté au milieu de la cage aux lions. Il savait qu'il pourrait toujours s'éclipser pour fumer dehors et s'éloigner de la foule. Mais, ce soir, il voulait que Julian soit fier de l'avoir avec lui. Il devait donc faire des efforts, mettre de côté sa timidité, paraître naturel et essayer de se montrer sociable. Et la meilleure solution pour ça, c'était de commencer par passer par le bar et commander un gin-tonic. Il regarda autour de lui, un groupe de jeunes femmes étaient attroupées à côté de la baie vitrée. Le bar semblait se trouver là. Les organisateurs de la soirée avaient bien entendu pensé à tout et avaient pris soin d'engager un barman, très connu il semblerait. On pouvait le voir faire des figures impressionnantes avec son shaker tout en préparant de délicieux cocktails. Il le regardait avec admiration. Quelques minutes plus tard, le barman lui déposa son verre sur une petite serviette en papier. Son gin-tonic était revisité avec des notes exotiques fruitées et épicées. Il le but d'une traite. Il en commanda un deuxième avant de s'aventurer dans la foule pour rejoindre Julian qui discutait au bout de la pièce.

- Ah, Lior, tu es là ! Je te présente Anna et Jonathan, dit Julian accueillant son ami dans leur groupe.

- Anna, Jonathan, je vous présente enfin Lior.

On pouvait lire un grand sourire sur le visage de Julian au moment où il dit « enfin Lior ». À chaque fois que Julian présentait Lior à quelqu'un, on pouvait voir à quel point il était heureux de l'avoir à ses côtés. Cela rassurait Lior et le mettait en confiance pour s'ouvrir.

- Enchanté Lior, Julian nous a beaucoup parlé de toi. Nous sommes très heureux d'enfin faire ta connaissance, répondit Anna souriante.

Julian et Jonathan reprirent tout de suite leur conversation. Lior était face à Anna. Il devait engager la discussion. Elle le regardait en souriant. Il était content que ce soit elle plutôt que Jonathan. Il avait plus de facilité à parler aux femmes. Ce qui était paradoxal connaissant son orientation sexuelle. Mais il avait toujours eu un meilleur feeling avec la gent féminine. Il prit une gorgée de gin et se lança dans la conversation, combattant sa timidité.

- C'est la première fois que je viens à une soirée comme ça, c'est vraiment très impressionnant ce lieu. Cela fait plusieurs années maintenant que je vis à SF et je n'étais jamais venu à Dogpatch. Ce quartier à l'air dingue, dit-il tentant de créer une conversation et paraître à l'aise face aux amis de Julian.

- Jonathan et moi nous y sommes installés il y a ... humm... dix ans maintenant. Ca passe tellement vite. Oui, dix ans. Cela avait déjà beaucoup changé depuis le début des années 90. Et en une dizaine d'années dans le quartier, nous avons vu tellement de nouveaux magasins et restaurants raffinés ouvrir ! Les loyers ont explosé comme tu peux imaginer, mais je te confirme que le quartier est génial. Tu devrais aussi y venir en journée à l'occasion.

- Ah mais vous ... vous vivez ici ? demanda Lior, comprenant que le lieu leur appartenait et qu'ils étaient en fait les organisateurs de la soirée. Il espérait avoir une réponse sur leur mode de vie et l'absence de meuble dans cette grande maison.

- Non, non, ici, c'est un lieu d'expression dans lequel nous avons investi en arrivant. Nous avons revendu notre appartement dans le centre de SF et avons pu acheter cette maison-hangar et une belle maison victorienne pas très loin de Poco Dolce, je ne sais pas si tu vois ?

Lior ne voyait pas de quoi Anna parlait, mais fit semblant de connaître. Il pensait à Julian.

- Du coup, vous organisez des événements ici ? Comme ce soir, mais aussi, j'imagine, des concerts, des vernissages?

- Tout à fait ! La ville regorge d'artistes qui ne savent plus où exprimer leur créativité. En attendant d'autres solutions pour faire rencontrer les artistes avec leurs potentiels acheteurs, on s'est dit qu'on allait créer un grand lieu de rencontre. Un lieu qui peut héberger plusieurs expositions et animations en même temps. Le principe est simple : pour $35 on propose une journée ou une soirée d'expériences. Un peu comme si tu allais à Universal Studios, mais là c'est un parc d'attractions dédié à l'art. L'art, sous toutes ses formes. Tu peux entrer et te balader librement dans tout le hangar, assister à des concerts et visiter plusieurs galeries. Il y a même un *foodcourt* à l'étage, je ne sais pas si tu l'as vu ? On peut avoir jusqu'à trois chefs en même temps qui présentent leurs cartes et font découvrir leurs spécialités !

- J'adore ! C'est un très bon concept ! C'est génial que vous ayez monté ça. Moi aussi, j'ai toujours voulu créer quelque chose par moi-même, me lancer dans ma propre entreprise … mais je n'ai jamais eu le courage de le faire tout seul. Je me suis toujours dit que ce serait un projet que j'aimerais faire avec un ami ou mon compagnon.

- C'est parfait, tu as Julian à présent, rétorqua Anna en touchant l'épaule de Lior et lui faisant un clin d'oeil. Blague à part, Julian ne manque pas d'idées. Il est brillant, je le pense sincèrement et je lui dis tout le temps, j'ai hâte qu'il se lance aussi. D'ailleurs, il m'a dit beaucoup de choses sur toi, mais … je ne me souviens plus comment vous vous êtes rencontrés en fait ?

Julian entendit de loin la question d'Anna et prêta une oreille à leur conversation, tout en continuant d'écouter Jonathan expliquer les futures expositions qu'ils allaient programmer.

- C'était vraiment la rencontre parfaite je dois dire. Le genre de rencontre qu'on n'imagine plus arriver, de nos jours. Je me trouvais au supermarché en bas de chez moi, j'étais venu faire quelques courses. Je me dirige vers les caisses pour scanner mes articles. Et là, ma caisse se bloque. Je me souviens, j'étais en train d'écouter une de mes chansons préférées de *Sixpence None The Richer - Kiss Me.* Julian s'est avancé vers moi pour m'aider à débloquer ma caisse. Quand nos regards se sont croisés, il y a eu une connexion entre nous à ce moment-là. Comme si des informations avaient réussi à circuler à travers nos regards, sans que nous ayons besoin de dire un mot. Mais je n'y ai pas vraiment prêté attention. J'ai terminé mes courses, pris mes sacs et je suis parti au travail sans regarder derrière moi. Quelques jours après, je devais récupérer un colis pour un anniversaire et c'est là que je l'ai revu. Il a dû te raconter cette histoire ? Et depuis … on ne s'est plus quitté. C'est comme si c'était l'homme que j'attendais depuis toujours. Mais bon ça il ne faut pas lui dire je compte sur toi, dit-il amusé.

La soirée continua. Lior passait un très bon moment en compagnie des amis de Julian. Vers 2 heures du matin, Lior et Julian commandèrent un taxi. La soirée était loin d'être terminée, mais ils avaient très envie de se retrouver seuls tous les deux. Ils avaient décidé qu'ils iraient dormir chez Lior. Le Uber arriva sept minutes plus tard. Les deux hommes saluèrent Anna et son mari. Ils se dirent qu'il fallait « absoooluuument » faire un dîner prochainement. Anna avait ce trait de personnalité très californien et avait tendance à aimer immédiatement les gens qu'elle venait de rencontrer, quitte à les considérer comme ses nouveaux meilleurs amis. Une fois dans le taxi, Julian demanda à Lior, en lui attrapant la main et en la serrant sur son ventre :

- Tu as passé une bonne soirée mon chéri ? lui demanda Julian les yeux brillants d'amour et d'un léger excès d'alcool.

- Vraiment excellente, merci de m'avoir proposé de t'accompagner. Tes amis sont très gentils et très intéressants. C'est impressionnant ce qu'ils ont réussi à créer. J'ai beaucoup parlé avec Anna, elle est vraiment géniale. Je l'adore. Elle m'a fait beaucoup rire.

- Oui moi aussi, elle est top. Je suis content que tu te sois plu. C'était important pour moi. Et j'ai aimé partager cette soirée avec toi. Tu as rencontré un peu tout le monde. Dis moi, je peux te poser une question ? (Il avait la voix un peu troublée) Mais ne m'en veux pas, OK ? Je n'ai pas pu m'empêcher d'écouter votre conversation avec Anna et à un moment donné, vraiment excuse-moi, mais je t'ai entendu parler d'une histoire d'échange de regards entre nous aux caisses, lors de notre première rencontre. Je ne m'en souviens pas du tout de ça, moi, c'est étrange… je me souviens bien entendu de notre rencontre sur le parking, du colis, de nos messages, mais pas de t'avoir rencontré et aidé quelques jours avant à faire tes courses ? Ni de cette connexion que tu as détaillée ? Pourquoi tu ne m'en as jamais parlé ? demanda

Julian qui gardait cette question dans sa tête depuis plusieurs heures.

Cette question mit fin immédiatement au rêve de Lior qui se réveilla en sursaut. Il transpirait. Pendant un instant, il ne savait plus où il était. Dans son appartement à San Francisco ou sa chambre chez George au lac Tahoe ? Il se leva et se dirigea vers la salle de bain pour se passer de l'eau sur le visage. Il devait être 3 ou 4 heures du matin. En se regardant dans le miroir, il repensa aux mots de Julian.

D'où venait cette histoire ? Quelle était cette connexion dont il avait parlé, avec tant de détails, à Anna ?

Chapitre 7
Rêve ou réalité

Cela faisait maintenant plus de deux mois que les amis étaient enfermés dans leur bulle au pied de la forêt du Lake Tahoe. Aux informations, le présentateur expliquait que la Californie préparait son plan de retour à la vie normale. Un potentiel déconfinement était envisagé plus vite que prévu, malgré un nombre important de cas et de personnes encore admises en soins intensifs. Il fallait s'attendre à des règles sanitaires assez strictes à leur retour à San Francisco. Chacun appréhendait un peu le retour à la réalité, le retour au travail, le retour à la ville et aux transports en commun. Allait-on refaire des dîners, des soirées ? Se balader librement dans les rues et les parcs ? Dater ? Comment allaient-ils rencontrer de nouvelles personnes ? S'autoriser à coucher avec un inconnu ? Taylor, Nath, George et Camille s'interrogeaient sur ce qui les attendait. Lior, lui, se posait d'autres questions.

Lior avait continué de voir Julian dans ses rêves, tous les soirs. Depuis sa dispute avec George quelques semaines avant, Lior avait décidé de ne plus parler de son histoire à ses amis. Aucun n'était revenu sur ce qu'avait pu raconter Lior, ils avaient certainement oublié. Malgré les conseils de George, voire les avertissements, Lior ne put s'empêcher de développer des sentiments forts pour Julian. Il avait évoqué une ou deux fois à Nath et Taylor qu'il avait à nouveau eu des rêves étranges, mais s'était limité à des rêves de nature érotique. Il avait caché qu'il s'agissait de Julian. Il leur avait caché que lorsqu'il prétendait aller dans sa chambre lire un livre ou se reposer, c'était pour le retrouver dans ses rêves. Ses amis avaient senti un éloignement de Lior, mais ils mettaient ça sur le compte du confinement. Être enfermé, loin de la réalité et du quotidien, a tendance à faire ressortir des traits de la personnalité. Après deux mois passés ensemble, il était normal que Lior ait besoin d'un peu de distance, tous en avaient besoin au fond.

Ce jour-là à la télévision et sur toutes les applications d'informations, les différents médias annoncèrent que les américains pourraient d'ici quinze jours retourner chez eux et retrouver leur quotidien. Des mesures strictes allaient être mises en place pour contrôler au maximum la COVID et sa propagation. Il fallait éviter au maximum les nouvelles contaminations, tout en permettant à l'économie de reprendre. Effectivement, cet arrêt soudain de la vie avait plongé le monde dans le chaos. Pire qu'une crise pétrolière, aucune industrie n'en sortirait indemne. De nombreuses entreprises, restaurants avaient dû mettre la clé sous la porte malgré les promesses d'aides des états. De nombreuses personnes s'étaient retrouvées au chômage du jour au lendemain. L'avenir était incertain. Même les cinq amis n'étaient pas sûrs de ce qui les attendait à leur retour à SF.

Suite à cette annonce, ils décidèrent de planifier leur retour. Tous étaient excités à l'idée de retrouver leurs appartements, leurs familles et le reste de leurs amis restés pour la plupart à San Francisco.

Lior, lui, était inquiet. Il n'en parla à personne, il ne pouvait pas, mais il savait ce que cela signifiait. Il savait qu'il ne pourrait plus continuer à vivre ce qui l'avait animé pendant plus de deux mois. Il savait que ce retour à la réalité et les codes de cette réalité reprendraient le dessus sur son histoire. Il avait honte de le dire, honte de le penser et le gardait pour lui, mais ce qui s'était passé dans ses rêves pendant plus de deux mois était bel et bien une histoire d'amour. L'amour qu'il aurait rêvé de trouver dans la réalité. Mais cela devrait s'arrêter. Il ne pouvait pas s'enfermer dans une histoire imaginaire et devait se reconnecter à la réalité avant qu'il ne soit trop tard.

Vous imaginez ? Que pouvait-il faire une fois à San Francisco ? Quand ses amis lui demanderaient s'il voyait quelqu'un etc.. Il mentirait ? Il expliquerait qu'il se couche tous les soirs à 22h pour passer du temps avec son amour imaginaire ? Il s'était autorisé, car cela avait été plus fort que lui, à vivre cette histoire avec Julian le temps du confinement. Le temps de cette vie dans un univers presque parallèle au Lake Tahoe.

Après une heure passée seul sur la terrasse face au lac, Lior avait pris sa décision. Ce soir, comme tous les soirs il dînerait avec ses amis et jouerait au Monopoly ou aux cartes. Il monterait ensuite se coucher pour retrouver Julian dans ses rêves. Mais ce soir, il lui expliquerait tout. Il lui parlerait du monde réel, il lui parlerait du confinement qu'il fait en ce moment même avec ses amis et lui parlerait du rêve dans lequel ils sont. Et, n'ayant pas d'autres solutions, il mettrait fin à leur histoire.

C'était donc le dernier soir dans la maison du lac. Les amis venaient de finir de ranger et de nettoyer toute la maison. Nath et Taylor finissaient leurs valises tandis que George et Camille remplissaient la voiture. Ils partiraient demain matin juste après le petit-déjeuner. Tout le monde était assez silencieux ce soir-là, personne ne voulait vraiment retrouver San Francisco car tous savaient que ce serait différent. Cette parenthèse au lac leur avait tous fait prendre conscience de beaucoup de choses, sur leur amitié, sur leur vie, sur eux. Lior était particulièrement distrait ce soir-là. Comme prévu, il savait qu'après cette dernière nuit au lac il ne reverrait plus son amant, Julian.

Lior souhaita une bonne nuit à ses amis et monta se coucher. Il finit de faire sa valise et alla dans la salle de bain. Il se nettoya le visage, les mains, le haut du corps et se brossa les dents. Il se regardait dans le miroir. On aurait pu croire à une préparation pour un rituel. Il y avait un caractère presque religieux à sa préparation au coucher ce soir-là. Il se mit au lit, regarda brièvement son Instagram et finit par éteindre la lumière. Il remuait dans tous les sens. Il avait du mal à trouver le sommeil. Finalement après s'être répété dix fois dans sa tête le scénario de ce qui allait se passer dans son rêve il finit par retrouver Julian.

- Tu m'as tellement manqué, lui dit Julian. J'ai l'impression qu'on ne s'est pas vu depuis si longtemps. Ton odeur, tes bras, tes yeux tout me manque. Comment s'est passée ta journée ?

Julian s'avança vers Lior et le serra dans ses bras. A son contact, il comprit tout de suite que quelque chose se passait.

- Il faut que je te parle de quelque chose. Je ne sais pas comment te le dire. Je me sens même ridicule de penser qu'il faut que je t'en parle. Mais je ne sais pas comment je peux m'en sortir autrement.

- Tu me fais peur… répondit Julian le regard inquiet. Il avait baissé ses armes, et était prêt à accueillir n'importe quelle nouvelle.

- Julian, ce qu'on vit toi et moi depuis plus de deux mois, tout ce qu'on se dit, tout ce qu'on construit, tout est faux. Notre histoire est le fruit de mon imagination et de mes rêves. Tu n'existes pas. Notre relation n'existe pas.

Julian était sous le choc. Il paraissait très troublé par ce que venait de dire Lior. Mais étrangement il semblait le comprendre.

- Je ne suis jamais venu récupérer un colis dans ton magasin Julian, tu ne m'as jamais parlé sur Instagram et on ne s'est jamais retrouvé après ma soirée. Nous n'avons jamais dormi ensemble, nous n'avons jamais fait l'amour, nous n'avons rien construit, tu n'existes pas.

Julian voulait parler, mais Lior ne lui laissa pas le temps.

- Tout ça n'est qu'un rêve. Je suis dans un rêve et je t'ai créé. Je sais pas pourquoi mon cerveau ou mon inconscient continue de nourrir ce rêve, tous les soirs et tous les instants où je m'assoupis. Dès l'instant ou je ferme les yeux, je te retrouve. Et je te retrouve là où je t'ai laissé la dernière fois. Il n'y a pas de *reboot*. Notre histoire continue. Tu es tout ce que j'ai toujours cherché chez un garçon, c'est pour ça que nous vivons une relation parfaite. Ta personnalité, tes mots, tes gestes, se nourrissent de mes désirs.

L'émotion commençait à monter. Il avait de plus en plus peur à chaque mot qu'il disait. Il marqua une courte pause pour ne pas sombrer en larmes, une grande inspiration et reprit :

- C’est moi qui t’ai construit tel que tu es pour que jamais tu ne puisses me décevoir. Je suis amoureux de toi, alors que tu n’existes pas. La réalité Julian, c’est que le monde s’est mis en pause depuis près de trois mois. Nous vivons avec mes amis enfermés dans une maison en attendant qu’une maladie étrange disparaisse. Oui je sais tout cela fait très science-fiction, mais c’est la réalité. Et cette parenthèse sur le monde tel qu’on le connaît, sur ma vie, t’a créé. Je devais certainement avoir besoin de toi pour passer cette épreuve, pour maintenir mon équilibre. C’est peut-être un système d’auto-défense de mon esprit. Je ne sais pas pourquoi exactement, je ne l’explique pas, mais tu ne vis que dans mes rêves. Quand tu penses que l’on se retrouve, ou que l’on se quitte, c’est juste moi qui m’endors où me réveille. Et tout ça ne peut plus durer comme ça. J’ai honte de m’entendre le dire, mais je t’aime. Et je ne peux pas continuer à éprouver ça. Si c’est là que mon bonheur est, je dois apprendre à être malheureux. Je ne peux pas me contenter d’une histoire que je ne partagerai jamais avec personne ou que personne ne comprendra. Une histoire qui m’éloignera de la réalité. Le regard des autres m’importe peu, mais la vie est suffisamment compliquée pour que je coche en plus la case « mon petit ami vit dans mes rêves ». S’il faut que je tombe dans le coma pour passer ma vie avec toi, je ne peux pas me résoudre à ça.

Lior regardait Julian droit dans les yeux. Il ne comprenait pas. C’était comme s’il pouvait lire un sourire qui se formait sur son visage. Julian avait les yeux qui brillaient, pleins de larmes, mais semblait heureux malgré ce que Lior venait de lui dire. Julian allait parler quand soudain tout disparut.

- Ça va Lior ? tu pleures ? lui demanda George

- Non tout va bien, dit-il en séchant ses larmes et tentant de cacher sa peine. J'ai dû faire un cauchemar c'est rien. On doit déjà y aller ?

- Ouais on t'attend pour le petit-déjeuner, je suis monté te chercher, il est déjà 8 heures 30, il va y avoir pas mal de monde sur la route il faudrait qu'on parte vers 10 heures si on veut arriver à SF en début d'après-midi. Tu es sûr que ça va ? Tu as l'air sous le choc, tu trembles on dirait.

Lior prit George dans ses bras sans rien lui dire et pleura en le serrant fort. Il savait au fond de lui que s'il se rendormait il ne retrouverait plus Julian. Il savait qu'il venait de briser quelque chose qui l'avait fait vibrer plus que tout depuis des années. Il savait qu'il avait fait le choix de la réalité contre l'amour. Et qu'il ne pourrait pas en parler.

George ferma à clé la grande porte et se dirigea vers la voiture. Ses amis étaient tous devant. Ils fixaient la maison dans laquelle ils venaient de passer presque trois mois totalement inattendus. Ils prirent également un instant pour contempler une dernière fois cette nature qui les avait entouré et protégé ces dernières semaines. Ils remercièrent tous George de leur avoir permis de s'évader à temps de la ville. Ils ne savaient pas ce qu'ils allaient retrouver, mais ils étaient heureux de le découvrir ensemble.

Les amis prirent la route comme prévu vers 10 heures. Dans la voiture, Lior resta très silencieux. Personne ne remarqua vraiment son silence, sauf George qui savait que quelque chose clochait. Était-ce simplement le retour à la réalité qui le rendait comme ça, se demandait George ? En tout cas ce matin-là, Lior paraissait perdu,

perdu comme George l'avait rarement vu. Perdu comme quand Lior et David s'était séparés. C'est à ce moment-là que George comprit.

Vers 15 heures les amis arrivèrent à San Francisco. Ils durent faire un grand détour pour éviter un accident et entrèrent dans la ville par le Golden Gate. De loin, San Francisco ne paraissait pas avoir changé. Le brouillard pointait déjà le bout de son nez sur la *skyline*. Mais le spectacle les choqua quand ils entrèrent dans les rues. Ces dernières étaient vides, pas l'ombre d'un touriste ou de quelqu'un qui promenait son chien. Les parcs étaient déserts, aucun sportif. Tous les magasins, tous les cafés et les restaurants étaient fermés. Les routes étaient désertes, ils roulaient presque sans jamais freiner.

George déposa tout le monde, les uns après les autres. Taylor descendit le premier directement chez un ami avec qui il avait beaucoup discuté sur Instagram pendant le confinement. Taylor avait besoin de se déconfiner, ce n'était pas dans son habitude de rester aussi longtemps sans aventures. Nath descendit juste après. Nath était très ému de se retrouver seul d'un coup. Il prit fort dans ses bras George et Lior. Camille retrouva un groupe de français, des amis de Paris, à Fisherman Wharf & Pier 39 (le lieu préféré des touristes à San Francisco). George et Lior étaient maintenant tous les deux dans la voiture. George conduisait sans trop savoir où il allait. D'un air hésitant il demanda alors à Lior :

- Tu l'as revu hein ? c'est ça ? Et pas qu'une fois, je me trompe ?

- De quoi tu parles ? Lui répondit Lior, pris de court et soudainement très inquiet à l'idée d'avoir cette conversation avec George.

- Je te connais par cœur. Ce matin, quand je suis monté dans ta chambre, tu étais dans le même état que le jour où tu as quitté David. Je m'en souviens car c'est moi qui t'ai retrouvé juste après l'avoir quitté. Tu m'as tenu si fort dans tes bras, c'était la première fois que je te voyais pleurer. J'ai senti que tu avais fait quelque chose comme à contrecœur, comme si tu avais été obligé de prendre cette décision car c'était la bonne chose à faire pour tout le monde sauf pour toi. Donc dis-le moi, ce mec dont on a parlé, cet inconnu que tu as imaginé et vu dans tes rêves, ça ne s'est jamais arrêté, c'est ça ?

George avait vu clair. Lior s'effondra en larmes, il ouvrit son cœur à son ami, peu importe qu'il le juge ou non. Il avait terriblement besoin de parler avec quelqu'un. Il lui expliqua qu'il était complètement perdu, la faute de ce confinement, la quarantaine, il ne connaissait pas exactement la raison, mais il était perdu. Mais qu'en tant qu'être rationnel, il ne pouvait pas se satisfaire d'une relation virtuelle. Qu'en aurait pensé son entourage ? Qu'en pensait George ? Comment aurait-il pu vivre ainsi et se regarder tous les jours dans le miroir ? Il lui avoua que ce matin à la maison du lac quand il est venu le réveiller, et bien il venait de rompre avec Julian. Il avait tenté de lui expliquer que ce qu'ils vivaient était le fruit de son imagination et qu'il n'existait pas, et que si Julian l'aimait, il fallait qu'il disparaisse de sa tête.

George l'écouta, avec beaucoup de mal, mais il l'écouta. Lior lui raconta toute l'histoire. Il lui confirma qu'il avait pris la bonne décision et surtout qu'il espérait que son imaginaire ne le rattraperait pas. Depuis sa séparation avec David, il le trouvait changé, à se construire des idéaux et se dresser trop de barrières

pour pouvoir avancer. Il ne savait pas vraiment comment il pouvait l'aider. Lior fit promettre à George de ne pas en parler aux autres. Il avait peur qu'on le prenne pour un fou. George arrêta la voiture, ils venaient d'arriver devant l'appartement de Lior. Il prit son ami dans ses bras, lui promit que son secret serait bien gardé et surtout qu'il pouvait compter sur lui s'il avait besoin de parler. Il serait toujours là et que jamais il ne le jugerait. Sentant les larmes qui recommençaient à monter, Lior le serra dans ses bras et sorti de la voiture sans se retourner.
Le laissant devant la grande porte de sa maison Victorienne, à quelques pas de ce fameux magasin où il avait rêvé Julian pour la première fois, George regarda son ami rentrer chez lui. Il repensa à cette histoire sur tout le trajet du retour. Il savait que Lior serait perturbé pour un moment, il ferait semblant de ne pas le voir pour ne pas lui faire de mal et l'aider à avancer. Oublier ce qui s'était passé, faire comme si de rien n'était, était la meilleure chose à faire pour aider son ami. L'aider à oublier ses lubies, ses fantasmes, afin de pouvoir avancer.

Il retrouva Camille en rentrant chez lui qui l'attendait déjà devant la porte. Il le serra dans ses bras, l'embrassa et entra dans son appartement. Ce soir-là, George comprit à quel point il était chanceux d'avoir quelqu'un avec lui, ici. Alors qu'ils s'apprêtaient ensemble à préparer leur dîner et choisir un film sur Netflix à regarder dans les bras l'un de l'autre, de son côté Lior pleurait à l'idée d'affronter sa première nuit sans Julian.

Chapitre 8
Le dîner

Cela faisait 15 jours que nos amis étaient rentrés à San Francisco. La ville s'était progressivement déconfinée, laissant peu à peu une nouvelle réalité s'installer. Des règles sanitaires avaient été déployées, contraignant les habitants à ne pas oublier ce qu'ils venaient de vivre, et leur faisant comprendre que rien ne serait plus comme avant. Lior et Nath n'étaient pas retournés sur leur lieu de travail. Amazon avait généralisé le télétravail pour tous ses employés pour plusieurs mois. Ils avaient décidé de continuer de travailler ensemble à distance. Cela ne leur changeait pas beaucoup d'avant. Chaque jour, ils se retrouvaient chez l'un ou chez l'autre. Ils en profitaient pour également préparer leur vie d'après. Entre deux réunions, ils avançaient sur le business plan de leur future entreprise. Ils en avaient longuement discuté pendant leur parenthèse au lac Tahoe. Ce confinement était une occasion exceptionnelle, celle de tout remettre en question. Du jour au lendemain, tout pouvait changer, sans prévenir. Maintenant ils le savaient. Combien de fois chacun de nous rêvons d'une vie différente ? Combien de fois mûrissons-nous des projets que le quotidien et sa routine stricte nous empêchent de concrétiser ? Il était temps pour Lior et Nath d'arrêter de se trouver des excuses et de reprendre les commandes de leurs vies et se donner le courage de se lancer. Au pire, que pouvait-il leur arriver ? L'échec ? Quand bien même, ils ne seraient jamais seuls. Ils sauraient rebondir et ils auraient toujours leurs amis et leurs familles. Ils ne pouvaient en sortir que grandis.

Alors que Nath finissait son dernier *call* de la journée, Lior s'éclipsait dans sa chambre. Sa mère l'appelait.

- Bonjour mon chéri, comment vas-tu ? Ne me dis pas que tu es en train de travailler encore à cette heure-là ?

- Bonjour Maman, tout va bien et toi ? Je suis avec Nath là. J'ai terminé, lui finit une réunion et nous allons fermer nos ordinateurs. Tu es arrivée ? demanda Lior.

- Oui à l'instant, je viens d'arriver chez ta sœur. C'était très bizarre, il n'y avait presque personne dans le train. J'ai l'impression que les gens ont perdu l'habitude de sortir de chez eux, ou ils doivent avoir peur. Je les comprends, je n'étais pas très sereine dans le train. Ils te forcent à porter un masque tout le long du trajet, c'était pénible. J'essayais de lire, mais il y avait de la buée plein mes lunettes. Du coup j'ai dormi.

- Tu me raconteras tout ça tout à l'heure, essaya de couper Lior. Vous venez à quelle heure ?

- Comment oses-tu parler à ta pauvre mère Lior. Moi qui viens vous voir ta sœur et toi, alors que vous n'avez même pas fait l'effort de descendre à Santa Cruz depuis le déconfinement.

- Mais non Maman, mais je dois finir de travailler sur quelque chose avec Nath. On parlera de tout ça pendant le dîner, OK ? Je suis très content que tu sois venue passer le week-end avec nous, vraiment, répliqua Lior prenant un faux air désolé.

- Ça sent si bon ici, ta sœur nous a préparé les hallot, ça parfume toute la maison. Ça me rappelle nos vendredis soir quand vous étiez petits, avec ton père.

- Je te préviens je n'ai rien organisé de mon côté. Je pensais aller chercher des trucs chez le traiteur en bas de la maison ou commander italien, enfin tout ce qui te ferait plaisir. J'ai aussi du vin si tu tiens à faire la prière.

- Lior, c'est de pire en pire, un shabbat aux pizzas... on aura tout vu ! Tu as de la chance que tu me manques énormément et que je te passe tout, ce soir ! Mais la prochaine fois je te préviens, ta sœur et toi vous venez à la maison et nous ferons un vrai repas de famille.

- Promis, Maman, d'ailleurs à ce sujet... Nath reste dîner et j'ai également invité George, son ami Camille et Taylor. Tu ne les as jamais rencontrés, on va pouvoir te raconter en détail notre vie au lac Tahoe. Je me suis dit que c'était une bonne occasion...

- Comment ça, des amis ? Tu as confondu un shabbat avec un goûter d'anniversaire ou quoi ! Ta mère est vraiment tolérante, j'espère que tu en es conscient mon fils. Tu as de la chance de m'avoir, répondit-elle avec un air à plaindre.

- Oui Maman, je sais, je suis le petit garçon le plus chanceux du monde. Bon allez, je raccroche maintenant, je te renvoie l'adresse sur whatsapp et je vous dis à tout à l'heure. Appelez-moi quand vous serez en bas, la porte d'entrée ne marche toujours pas.

- Tu as appelé le propriétaire, au moins pour la faire réparer ? Mon chéri, ça fait deux ans que cette porte ne marche plus, déjà quand j'étais venue la dernière fois, ce n'est…

- Maman ! À tout à l'heure, je t'aime.

Lior coupa net et raccrocha dans la foulée.

Voulant tout de même faire plaisir à sa mère, il descendit en catastrophe au traiteur libanais en bas de chez lui. Il prit toutes les entrées proposées afin de faire un mezzé en guise d'apéritif. Pour le plat principal, il passa au traiteur italien juste en face et prit sept parts de lasagnes maison. Au moment de payer, le chef lui recommanda son tiramisu. Dans un élan, et l'urgence, car il était déjà 19 h 30, il prit tout le plateau et remonta à l'appartement. Nath avait terminé sa réunion. Il avait rangé leurs ordinateurs dans la chambre de Lior et commencé à pousser les meubles du salon pour installer la grande table. Pour le vin, Nath avait ramené le matin deux très bonnes bouteilles issu d'un des vignobles de ses parents, de la région de Nappa. Lior déposa les petits plats sur la table, apporta les assiettes et le couvert pour dresser la table, comme il se devait. Il savait que ce serait la première chose qu'elle critiquerait, après lui avoir dit à quel point il était maigre bien sûr. Il mit le tiramisu sur le bord de la fenêtre. Il faisait particulièrement frais ce soir-là à San Francisco.

Quelques minutes plus tard, Lior sortit son téléphone de sa poche. Il avait plusieurs notifications. Un message de Camille et George pour le prévenir qu'ils seraient légèrement en retard. Pas de nouvelles de Taylor, mais Lior ne s'inquiétait pas, il était toujours à l'heure. Sa mère et sa sœur arrivaient dans moins de dix minutes.

Lior prit une douche rapide, laissant à Nath le soin d'installer le couvert sur la grande table. Il attrapa un t-shirt blanc propre dans son armoire et remis son jean noir. Tandis qu'il finissait de s'habiller, on sonna à la porte.

- Déjà ? se dit Lior. Mais comment ont-elles fait pour monter ?

Il entendait déjà sa mère se plaindre au loin dans le couloir. Nath leur avait ouvert la porte et les avait invitées à entrer.

- Où est-il ? Mon fils ne m'accueille même pas ! Heureusement vous, vous êtes bien éduqué ! Vos parents peuvent être fiers de vous. Je suis ravie de vous revoir, Nath.

- Bonsoir Sarah, enfin Shabbat Shalom Sarah. Vous pouvez me tutoyer vous savez, je vous l'ai déjà dit, répliqua Nath.

- Shabbat Shalom mon fils. Prend mon manteau, tu veux bien ? Où est Lior ? Il est dans le salon ?

- Hello, Nath, tu vas bien ? Ça fait longtemps qu'on ne t'avait pas vu, lui dit Emma, la sœur de Lior.

Emma était la petite soeur de Lior. Ils avaient à peine deux ans d'écart. Lior et Emma étaient très proches depuis tout petit. Malgré son rôle de grand frère, Emma avait toujours été très protecteur avec lui.

- Coucou Nath, ça fait plaisir oui, écoute cela remonte à… , elle fut coupée par sa mère.

- Paix à son âme, reprit Sarah d'une petite voix les yeux rivés au ciel, et se dirigea vers le salon.

La dernière fois que Nath avait vu la famille de Lior, c'était à l'enterrement de son beau-père il y a trois ans. Lior n'avait jamais connu son père biologique. Sa mère s'était remariée à sa naissance et son beau-père, s'était occupé de lui comme son propre fils.

- Ah, enfin le voilà. Le grand prince daigne enfin venir embrasser sa pauvre mère. Viens dans mes bras mon fils. Tu m'as tellement manqué.

Lior s'avança et prit sa mère dans ses bras. Il évita de l'embrasser tentant, tant bien que mal, de respecter les gestes barrières au virus, mais la serra fort contre lui. Sa sœur se joignit à leur accolade familiale. Il n'avait jamais été si heureux de la sentir contre lui depuis qu'il était tout petit et qu'il se réfugiait dans les bras de sa maman quand il était triste ou qu'il avait peur. Camille, George et Taylor arrivèrent finalement en même temps, dans la foulée. Tout le monde fit connaissance. La mère de Lior était aux anges. Elle avait un tout nouvel auditoire et elle pouvait raconter toutes les anecdotes de l'enfance de Lior et de sa sœur, sans bien sûr imaginer une seule seconde qu'elle les embarrasserait.

Tous se mirent à table. Lior passa aux hommes des kippas à déposer sur leur tête le temps de la bénédiction du vin et du pain. Sa sœur et sa mère récitèrent la prière. Lior aimait ce côté très libéral qu'ils avaient de la religion depuis quelques années. Lui ne croyait pas spécialement en Dieu. Il croyait en une force supérieure oui, quelqu'un ou quelque chose qui le guidait au quotidien. Qui l'aidait à faire les bons choix, à prendre les décisions justes et à suivre un bon chemin. Mais les rites religieux l'importaient peu. Pour lui, les fêtes étaient l'occasion de se retrouver, de s'entourer de ceux qu'on aime. Peu importe les croyances. Et les rites n'étaient finalement là que pour accompagner en chants de grands repas et moments de partages. Avant la mort de son père, jamais sa mère n'aurait autorisé Lior à emmener des amis à un dîner du vendredi soir. Mais depuis, elle était changée. Elle était beaucoup plus douce et avait compris que ce qui importait c'était en fin de compte d'être ensemble.

Amen.

Durant le repas, Camille, qui avait abusé de l'excellent vin de la famille de Nath, se mit à raconter en détail à la sœur et la mère de Lior leurs « vacances » au lac Tahoe. Pour lui effectivement, ce séjour au bord de l'eau n'avait rien eu d'un confinement et le travail lui avait paru très loin. Ses journées s'étaient limitées à rester sous la couette avec George, à aider à préparer les repas et regarder des séries sur Netflix. Pour Taylor, Nath et Lior cela avait été très différent. Nath en profita pour rectifier quelques points sur le déroulé d'une journée type en confinement au lac Tahoe. Pendant que tout le monde parlait, Sarah fixait son fils. Depuis qu'ils avaient commencé à se remémorer la maison du lac, Lior s'était mis en retrait. Son regard était devenu vide. Il se tenait droit les bras croisés à faire semblant d'écouter. Il ne parlait plus et semblait dérangé par le sujet. Elle le connaissait par cœur. Elle savait décrypter ses moindres émotions. Afin de protéger son fils, elle trouva un moyen de mettre fin à la conversation et vite changer de sujet. Personne ne le remarqua et rapidement, tout le monde se mit à parler de son retour à la vie normale.

Le dîner se termina. Les quatre amis, leurs ventres bien remplis et un peu éméchés, prirent leurs manteaux, remercièrent Lior et dirent au revoir à sa famille avant de partir. La sœur de Lior était dans le salon et rangeait les assiettes et les couverts, tout en finissant de débarrasser. Lior et sa mère étaient dans la cuisine en train de finir de laver la vaisselle. Depuis tout petit, Lior adorait passer du temps avec sa mère dans la cuisine. Comme un refuge, il s'y sentait protégé. Elle lavait les couverts, il les séchait. Sans le regarder pour ne pas le braquer, elle se mit à parler :

- Tu sais mon fils, quand ton père nous a quittés, même si je m'y étais préparée, du jour au lendemain une partie de moi a disparu. Sans prévenir. Je pensais être capable de pouvoir gérer. Je pensais être suffisamment forte. Je lui avais promis que je le serai. Mais la vérité, je n'étais pas prête à le perdre.

- Maman… tu n'es pas obligée de parler de ça… reprit Lior d'une voix à moitié éteinte.

- Si, si ! Laisse-moi finir. Dans la vie j'ai compris qu'il était normal d'avoir des faiblesses. Et je sais que je ne t'ai pas toujours dit ça, mais il est normal parfois de ne pas pouvoir tout gérer seul. Même si tu es fier, même si tu n'oses pas, demander de l'aide n'est pas un échec. Au contraire, c'est même une forme de courage d'accepter que l'on ne puisse plus avancer seul. Accepter que l'on soit face à un obstacle, que seul on ne peut pas le franchir. Le faible, lui, le contournera. Le fort, lui, saura qu'il est parfois nécessaire de parler à quelqu'un d'extérieur afin de surmonter ses problèmes et de les régler. Tu m'aurais demandé il y a trente ans, j'aurais traité de fou le premier qui m'aurait suggéré de voir quelqu'un. Aujourd'hui j'ai compris le courage que cela demande que d'accepter de baisser la garde devant un inconnu et d'être prêt à recevoir son aide. Et cette aide, elle m'a permis d'accepter la mort de ton père et de faire mon deuil. Aujourd'hui j'ai retrouvé le goût de la vie. Elle manque d'harissa c'est évident, ils rirent un instant, mais au moins j'ai retrouvé le plaisir de vivre. Aujourd'hui je vis pour toi, pour ta sœur et avant tout pour moi. Et tout ça, je n'y serai jamais arrivé sans le Dr Goldstein.

Lior ne savait pas quoi lui dire. Il prit sa mère dans ses bras. Discrètement des larmes se mirent à couler le long de sa joue. Sa mère ne vit rien, mais à ce même instant, elle le serra encore plus fort. Il avait tant besoin de parler. Il avait tant besoin de se libérer de Julian. Même s'il disparaissait peu à peu, il n'arrivait pas à complètement l'oublier et à accepter ce qui s'était passé. Une douleur persistait en silence au fond de lui. Sa mère le connaissait si bien. L'instinct maternel. Elle avait su lui raconter la bonne histoire et lui donner les bons conseils au bon moment. Il avait reçu sa bénédiction. Lui qui était effrayé à l'idée d'aller se dévoiler. Effrayé à l'idée de devoir parler de lui… Il avait reçu le signe qu'il attendait. Il allait enfin se libérer.

Chapitre 9
Parler pour avancer

Le rendez-vous était fixé depuis maintenant deux mois. Il n'était plus possible pour Lior de faire marche arrière. Au fond de lui de toute façon il ne voulait pas. Il était déterminé à prendre son destin en main et à avancer. Bien sûr, il n'y avait aucune garantie que cela fonctionne, mais il était intrigué et très excité à l'idée de parler de lui à une inconnue.

Lior n'avait jamais parlé à ses amis de ce qui s'était passé au lac Tahoe et de sa romance imaginaire. Cela l'aidait à oublier Julian qui s'était envolé du jour au lendemain de ses rêves. George n'était jamais revenu sur leur conversation dans la voiture le soir où ils étaient rentrés à San Francisco. Sans doute faisait-il ça pour son bien. Plus les journées passaient et plus Julian s'éloignait des songes de Lior. Pourtant, même s'il y pensait de moins en moins, au fond de lui, Lior savait qu'il restait quelque chose à régler. Il savait que ce fantasme qu'il avait nourri pendant plus de deux mois dans la maison du lac était l'expression de quelque chose de plus profond. Il n'y avait rien de grave, mais travailler sur ce qu'il ressentait l'aiderait à mieux avancer. L'objectif était clair : mieux se connaître, afin de prendre les bonnes décisions et suivre le bon chemin.

Les relations de Lior n'avaient jamais suivi le schéma classique de la relation amoureuse, à supposer qu'il existe un schéma dans les choses de l'amour. Lior savait tomber amoureux des personnes qui ne l'aimeraient pas en retour et il n'arrivait pas à s'abandonner à ceux qui prendraient soin de lui. Comme beaucoup de jeunes de son âge, filles ou garçons, il se pensait prêt pour le « grand amour », mais il répétait continuellement les mêmes erreurs. Pourquoi est-on toujours attiré par ceux qu'on ne peut pas avoir ? se demandait-il sans cesse. Pourquoi autant de gens partageaient-ils comme lui ce sentiment ? Comment était-il possible qu'autant de célibataires de son âge veuillent être en couple, et que pour autant personne ne donne sa chance à personne ? Il savait qu'il n'existait pas une seule réponse à sa situation, et que cela dépendait de chacun, mais il avait décidé qu'il était temps pour lui d'avancer et se remettre en question.

Il était 13 h 55. Lior était installé dans le fauteuil de son salon. Il venait de finir de déjeuner et avait une légère boule au ventre. Son iPad était posé sur la table face à lui. Plus que quatre minutes avant son rendez-vous avec le Dr Brown. Il avait trouvé son contact sur internet en se renseignant sur les différences entre les psychologues et les psychanalystes. Il n'était pas sûr de ce qu'il cherchait. Il était tombé sur le blog du Dr Brown par hasard. Mais ce dernier avait particulièrement attiré son attention et l'avait conforté dans ce qu'il cherchait. En le parcourant, il avait pu lire que le docteur s'était spécialisé dans la psychologie de l'adulte. Ce qui l'avait convaincu de prendre son rendez-vous, c'est qu'il avait pu lire ces phrases :

Je vois la psychanalyse avant tout comme une décision active de se remettre en question pour mieux s'accepter. Choisir d'avancer avec moi, c'est choisir de s'ouvrir, de me parler et de m'écouter. Ensemble nous trouverons les réponses.

Cette démarche en binôme de la psychanalyse l'avait séduit. Il n'y avait jamais pensé de cette façon. Il s'imaginait que voir un psy se résumait à s'allonger sur un canapé, à parler seul dans le vide, et avoir pour bruits de fond les murmures d'un médecin acquiesçant tout ce qu'on dit. Ce n'était pas la démarche que défendait le Dr Brown. Et cela lui plaisait. Il espérait une discussion comme il pourrait avoir avec ses amis, juste plus objective.

Son téléphone sonne. Il balaie l'écran pour prendre l'appel. Une fenêtre s'affiche sur le fond lumineux, lui demandant d'accepter le partage d'audio et de vidéo.

- Bonjour, Lior, enchantée. Je suis le Dr Helena Brown. Je suis ravie d'enfin vous rencontrer. Je m'excuse des circonstances un peu particulières dans lesquelles nous entamons aujourd'hui notre première séance, j'espère que vous arriverez suffisamment à vous mettre à l'aise.

Il hésita un instant, et avec le sourire, il se lança.

La séance dura exactement cinquante-cinq minutes. Il ne vit pas le temps passer. Rien ne se déroula comme il l'avait imaginé. Elle le rassura sur le fait qu'il était loin de vivre quelque chose d'exceptionnel. Depuis une dizaine d'années, elle avait l'habitude de rencontrer des jeunes de trente ans se remettre en question sur leur travail, leur place dans la société ou leur situation amoureuse. Lui aussi venait d'arriver à un nouveau cap de sa vie. Elle lui expliqua que parfois il pouvait être nécessaire de parler pour franchir de nouvelles étapes. Elle lui dit qu'elle serait ravie de l'accepter en tant que patient le temps qu'ensemble ils trouvent les réponses à ses questions.

Lior voyait le Dr Brown toutes les deux ou trois semaines. Au fur et à mesure des séances, il notait dans un journal tous les sujets qu'ils abordaient. Sa mère. Ses amis. Ses ex. Sa personnalité. Il voulait garder une trace écrite de tous leurs échanges et surtout des conseils que lui donnait le Dr Brown. Le Dr Brown réussissait à lever de nombreuses zones d'ombre qu'occultait Lior. Elle l'avait parfaitement cerné dès leur première séance, à vrai dire il n'était pas très difficile d'analyser son « cas ». Elle avait construit un chemin qu'elle laissait Lior emprunter au fil des séances, à son rythme, espérant l'emmener jusqu'à l'acceptation de soi. Il y a cette citation très connue « connais-toi toi-même ». Lior comprit au fur et à mesure des séances avec le Dr Brown à quel point il y avait plein de choses qu'il ne savait pas sur lui-même. Elle pointait également du doigt certains éléments dont il avait conscience, mais qu'il ne pensait pas importants. Aucun sujet n'était écarté. D'une séance à l'autre, il arrivait de plus en plus facilement à lui-même faire les connexions entre ses actions et sa personnalité. Au fil des séances, il cumulait l'ensemble des réponses à ses interrogations.

Cela faisait maintenant six mois que Lior consultait le Dr Brown. Ce soir-là, le jeune homme ne se sentait pas comme d'habitude. Il éprouvait une sorte de gène à l'idée de retrouver Helena. Alors qu'il se connectait sur l'application pour son rendez-vous, il ressentait au fond de lui que la psychanalyse touchait à sa fin et que ce serait certainement une de ses dernières séances. Il avait maintenant le recul suffisant pour comprendre ce qu'il recherchait vraiment et où il en était. Il avait pris conscience de tout ce qu'il accomplissait dans la vie, le valorisait, plutôt que de se concentrer sur ce qui lui manquait. Comme à chaque fois la séance dura cinquante-cinq minutes. Au moment où habituellement elle lui proposait un autre créneau, le Dr Brown demanda à Lior :

- Lior, vous vous souvenez lors de notre première séance, je vous ai demandé pourquoi vous aviez décidé d'entreprendre une psychanalyse. Aujourd'hui je pense que notre travail ensemble est terminé et je suis certaine que vous l'avez ressenti aussi. Vous savez à présent pourquoi vous êtes seul, et surtout vous avez arrêté de focaliser toute votre énergie là-dessus. Ce n'est pas une fatalité. Vous savez que vous devez continuer de profiter de la vie et d'apprendre de la vie. Vous devez continuer de nourrir vos passions, ces passions qui vous animent plus que personne et vous focuser dessus. Vous devez aussi vous recentrer sur vous-même afin de vous rendre prêt le jour où ce que vous recherchez arrivera. Cependant, malgré notre avancée, j'ai comme l'impression qu'il y a quelque chose dont vous ne m'avez pas parlé. Si vous le voulez bien, je vais réitérer la première question que je vous ai posée et nous conclurons notre séance là-dessus. J'aimerais que vous m'expliquiez l'événement qui a déclenché cette décision de prendre votre premier rendez-vous avec moi.

Lior savait que ce moment arriverait. Il avait réussi en six mois à ne pas évoquer une seule fois Julian. Ce n'était pas le cœur du problème et ce n'était pas ce dont il voulait parler avec le Dr Brown. Ils avaient ensemble tellement avancé. Il avait appris tellement de choses sur lui. Il se sentait tellement mieux, qu'il n'avait jamais jugé nécessaire d'évoquer textuellement cette parenthèse de sa vie. Ils l'avaient abordé de façon contournée et cela lui semblait suffisant.

- Si vous me permettez d'insister Lior, j'ai l'intime conviction que je dois vous poser cette question et vous donner mon avis afin que vous puissiez, seul, y réfléchir, lui dit le Dr Brown voyant l'air hésitant de Lior.

- Je n'en ai jamais parlé, car je ne pense pas que ce soit le cœur du problème. Non ... euh, je n'ai pas vraiment voulu vous le cacher. En fait ... comment vous dire, pendant le confinement, j'ai fait un rêve. Plusieurs fois, même. Dans ce rêve, j'ai rencontré quelqu'un. Comme un fantasme. Chaque soir, je le retrouvais, il s'appelait Julian. Je ne sais pas comment l'expliquer, mais mon inconscient arrivait à reprendre chaque soir ce rêve exactement là où je l'avais laissé la veille. C'était super réaliste ! Comme si j'étais complètement déconnecté du monde réel. Et, je dois vous le dire ... je suis tombé amoureux de Julian.

- Vous rêvez toujours de lui ? demanda Helena d'un ton neutre.

- Non, plus depuis près de neuf mois. À vrai dire, depuis que nous avons commencé ensemble notre travail, je ne pense même plus vraiment à lui. Julian a quitté mes rêves le jour où je suis rentré à San Francisco, et depuis il s'efface de ma mémoire.

- Vous ne m'en voudrez pas, mais je suis très heureuse de vous avoir posé la question et que vous vous soyez livré à moi. Vous savez, le confinement a été une période très particulière à laquelle personne n'était préparé. Du jour au lendemain, notre quotidien a été chamboulé. Vous avez perdu vos repères et dans l'urgence avez dû en créer de nouveaux. Même si vous n'étiez pas seul, vous avez passé un temps, précieux, au plus proche de vous-même. Vous l'avez vu, chacun de nous a réagi différemment, mais pour beaucoup on retrouve un point commun : le besoin de créer. Certains ont décidé de remettre à plat leur vie et ont pris de nouvelles décisions notamment professionnelles. Certains se sont découvert de nouvelles passions comme la cuisine, le sport ou la musique. Vous, il semblerait que votre inconscient se soit exprimé à travers vos rêves. Vous avez créé Julian. Nous en avons largement discuté ensemble, vous êtes quelqu'un d'introverti qui renferme tout ce qu'il ressent. Dans une journée type, il y a de nombreuses informations que vous ne voyez pas ou que vous ne souhaitez pas voir, mais que votre inconscient enregistre. Il n'est pas surprenant que lors de cette parenthèse hors du temps votre inconscient ait eu besoin de faire ressortir toute cette matière emmagasinée. Comme une purge. Mais ce que vous dîtes m'intéresse particulièrement : l'inconscient se nourrit de faits réels. Permettez-moi, je pousse plus loin ma réflexion. Vous me dîtes que vos rêves paraissaient extrêmement réels. Vous êtes-vous demandé pourquoi ? Vous êtes-vous demandé d'où venait la matière à cette idylle que vous avez développée ? Vous appelez ça un fantasme, je pense que nous faisons plutôt face ici à l'extériorisation d'un acte manqué.

Lior ne savait pas quoi dire. Il fixait son écran, mais aucun mot n'arrivait à sortir. Elle reprit alors d'un ton satisfait.

- Notre travail ensemble est terminé Lior et j'ai été ravie de vous aider à arriver là ou vous en êtes aujourd'hui. Je suis confiante pour la suite. Vous allez à présent reprendre votre chemin, seul. La dernière mission que je vous donne, c'est de ne pas abandonner vos rêves, et surtout d'essayer de comprendre d'où ils viennent.

Lior termina l'appel. Il fixait son reflet dans l'écran noir de son iPad. Il faut admettre que le Dr Brown sait travailler ses sorties, se dit-il dans sa tête. Cette ultime analyse l'avait laissé sans voix. Il l'enregistra dans un coin de sa tête et se leva pour se préparer à rejoindre Nath pour leur premier dîner professionnel.

Plus tard dans la soirée, Lior repensa à tout ce que lui avait expliqué Helena. Si Julian venait de son inconscient et si Julian était un acte manqué, cela signifiait que peut-être il le connaissait. Il l'avait donc certainement déjà rencontré. Techniquement donc, il pouvait peut-être le retrouver. Il prit un instant pour mesurer le pour et le contre de partir à sa recherche. L'espoir qu'il devrait nourrir et la déception certaine qui l'attendait, tout cela était trop grand pour se lancer dans cette quête.

Il était enfin bien avec lui-même, il était enfin connecté au monde réel et savait ce dont il avait besoin. Il ne voulait pas se perdre à nouveau et préféra ranger définitivement Julian dans un coin de sa tête.

Chapitre 10
Et si ?

Ce matin-là, Lior passa chez Gloria's Coffee house et prit comme chaque matin un grand americano et un café latte pour son ami. Il marcha à peine dix minutes pour arriver au travail. Nath était déjà là. Suite à l'annonce du onzième confinement, les deux amis se préparaient à recevoir énormément de commandes dans la journée.

Depuis maintenant trois ans ils avaient quitté leurs boulots pour monter leur propre entreprise. Et, comme beaucoup de *start-up* à San Francisco, ça cartonnait. Lior et Nath avaient beaucoup réfléchi après le premier confinement du printemps 2020. Le virus, initialement appelée la COVID 19, n'ayant pas été éradiqué naturellement, le bien-être, l'art de vivre, le confort chez soi étaient vite devenus des centres de dépense privilégiés. Lior et Nath avaient décidé d'en faire leur gagne-pain. Bien entendu un premier vaccin avait été développé, mais très vite le virus avait réussi à muter. Beaucoup moins mortel que sa première version, mais néanmoins très contagieux et très contraignant pour les hôpitaux.

Lior et Nath avaient donc décidé de monter une entreprise spécialisée dans la vente à distance de produits d'intérieur, à récupérer en *click and collect*, et certifiée 100% COVID FREE. Sans attente, les consommateurs pouvaient venir récupérer leurs commandes, sans contact, dans la boutique principale ou les quelques succursales dans la ville. Le magasin en ligne vendait de nombreux articles, exclusivement locaux (évitant ainsi les ruptures d'approvisionnement), autour du sport, du bien-être, de la beauté at home et de la décoration de petites surfaces. Tout était pensé pour améliorer la vie au quotidien chez soi. Ces secteurs de consommation étaient en explosion depuis les multiples périodes de confinement. Les San franciscains savaient que chaque mois pouvait tomber un confinement inattendu, allant d'une à quatre semaines. Les règles étaient devenues très strictes, le télétravail, complètement démocratisé, l'avait emporté sur le travail au siège. On se déplaçait jusqu'au bureau uniquement pour les grandes réunions, récupérer des colis ou des documents importants. Beaucoup de salles de sport avaient fermées, quand d'autres avaient su se réinventer. Mais la plupart du temps, chacun restait chez soi. C'est pour cela que l'aménagement de son intérieur et de son planning bien-être à la maison étaient clés. D'ailleurs ils en profitaient pour faire connaître les prestations sportives et de relaxation de Taylor qui s'était fait remarquer sur Instagram avec ses live sportifs lors du premier confinement. Il avait réussi à ouvrir la première salle de sport 100% COVID-friendly et agréée pour rester ouverte même en période de confinement, répondant à un protocole sanitaire très strict. Il donnait également de nombreux cours à ses abonnés premiums à distance, et faisait la publicité des articles de sport vendus sur le site de Nath et Lior.

C'est Nath qui avait convaincu Lior que c'était la bonne chose à faire. À leur retour de la maison du lac, pendant plusieurs semaines Nath avait ressenti que Lior avait changé. Lior lui avait dit une fois « J'ai besoin d'un projet ». Nath était donc revenu sur son idée dont ils avaient beaucoup parlé pendant le confinement. Lior qui trouvait son concept génial s'était décidé à l'aider. Il s'était mis à 200% sur le projet qui avait vu le jour seulement six mois plus tard.

Vers 17h ce jour-là Lior et Nath s'apprêtaient à fermer la boutique pour rejoindre Camille et George. Même si l'alerte confinement était tombée, ils avaient une dérogation pour se retrouver à la mairie où leurs deux amis se mariaient. La vie ne s'arrêtait plus, l'administration s'était organisée face à ce fléau mondial, et l'amour pouvait continuer d'être célébré. Alors qu'ils fermaient la boutique, Nath reçut une commande whatsapp sur leur compte professionnel à récupérer avant 18h. Nath refusa la commande sans réfléchir. Ils étaient déjà techniquement en retard pour la mairie. Lior sortit de la réserve avec un colis.

- C'est bon, je viens même de préparer la commande d'articles de sport qu'on a reçu. On avait tout sous la main on va pouvoir la mettre à la dispo du client avant de partir.

- Merde, je viens de l'annuler à l'instant...je pensais que tu avais déjà tout bouclé. On va finir par être en retard pour le mariage.

- On se parle du mariage de Camille et George, s'il y en a un qui sera en retard, ce sera Camille pas nous. Les français ne sont jamais à l'heure, ça fait partie de leur charme, enfin c'est ce qu'il nous rabâche depuis trois ans.

Nath rigola. C'est vrai que depuis que Camille était dans leur groupe, pas une seule fois il n'était arrivé à l'heure. Que ce soit à un dîner, à une soirée ou même au cinéma. Cela exaspérait George au plus haut lieu, tout en le rendant toujours plus fou de lui.

- Bon on fait quoi du coup ? Regarde le profil du client et où il est. S'il n'est pas trop loin, on avise.

- Il semble être à cinq minutes en Uber, répondit Nath.

- OK, confirme-lui sa commande. Je la lui livre et je ferme tout. Il peut encore récupérer sa commande avant le couvre-feu et ça m'évite de refaire une entrée en stock. Par contre, mets lui un commentaire du type « à récupérer *ASAP* ». En attendant tu passes prendre nos costumes et tu me retrouves en bas de chez nous. Ça nous payera la soirée, y'en a pour $300 de produits, dit Lior d'un air satisfait et avec un grand sourire.

Nath confirma la commande. Il s'en alla chez eux chercher les costumes. Lior finissait de tout fermer dans la boutique. Ils avaient fait près de $5 000 aujourd'hui. Un de leur plus gros confinement. Le confinement dépassait les résultats du Black Friday. C'était devenu un nouveau temps fort de consommation comme Noël ou la Saint-Valentin. Lior était épuisé, la journée avait été très intense, il se demandait ou il allait trouver l'énergie pour tenir toute la soirée à la fête de mariage de ses amis. Il était 18 heures, il regarda par la vitrine et ne vit personne dans la rue. Le client était en retard. Il éteignit les lumières, rangea les tablettes, activa l'alarme depuis son smartphone et sortit avec le colis. Devant la boutique, une berline noire s'arrêta. C'était lui. Lior ferma alors la boutique, voyant que son client était enfin arrivé. Un homme sortit de la berline et s'avança vers Lior tout en regardant son téléphone. Lior sortit son smartphone pour scanner le colis et le QR Code de pick-up du client. Son Uber était déjà là, prêt à partir pour aller chercher Nath et foncer au mariage.

Le client traversa la rue en direction de Lior et leva la tête. Il le regarda alors dans les yeux pour le saluer. À cet instant, il s'arrêta net au milieu de la rue. On pouvait voir qu'il avait le souffle coupé. Il était comme tétanisé sur place.

Lior n'en croyait pas ses yeux. Même si c'était son sourire qui l'avait le plus marqué, il reconnut immédiatement son regard.

Comment était-ce possible ?

DEUXIÈME PARTIE

SAN FRANCISCO, CALIFORNIE

AVRIL 2020

Chapitre 11
Le client

La brume, le fameux *fog*, surplombait toute la ville de San Francisco. Le trafic dehors était déjà très intense ce matin. Les vélos dévalaient à toute vitesse dans les rues tandis que les Franciscanais avançaient au pas, leurs cafés à la main et leurs écouteurs sur les oreilles. Certains se laissant encore voyager accompagnés de leurs musiques préférées ou d'autres déjà au téléphone en pleine réunion. Dorian lui était encore en retard pour son travail.

Il quitta sa colocation en catastrophe, grimpa sur son vélo et fonça en direction du magasin. Cela faisait maintenant quatre ans qu'il travaillait au Whole Foods Market de Dolores Heights. Il attendait avec impatience sa promotion pour passer directeur du magasin. Une rentrée d'argent supplémentaire significative qui ne serait pas de trop afin de financer son rêve. Le Whole Foods Market n'était effectivement pas sa vie. Loin de là. Une étape avant de lancer sa propre entreprise et devenir enfin indépendant.

Dorian était passionné d'art et souhaitait pouvoir allier sa passion à sa vie professionnelle. Il avait pour projet depuis longtemps de monter une application ou un site internet permettant d'accéder facilement à des œuvres d'artistes indépendants. Mais le temps lui manquait pour se consacrer pleinement à ce projet. Comme beaucoup de gens, il était dépassé par son quotidien et la routine.

Dorian gara son vélo à l'arrière du magasin au niveau du parking réservé aux employés. Il déposa ses affaires dans les vestiaires et enfila son uniforme vert et blanc avant de rejoindre ses collègues.
Dorian était responsable des caisses et manager de deux personnes. Kelly, une jeune étudiante en beaux-arts et David un trentenaire qui avait travaillé toute sa vie dans la vente. Il soupçonnait Kelly et David d'avoir ou d'avoir eu une aventure. L'ambiance était toujours électrique entre eux deux. Il adorait parler d'art avec Kelly. Elle le soutenait à 100% dans son projet et le motivait pour qu'il avance plus vite dans le développement.

Ce matin-là, comme beaucoup de matins, Dorian avait été couvert par son équipe pour son retard. Arrivant aux caisses essoufflé, Kelly était déjà avec un client. Il lui murmura du bout des lèvres un *thank you* à distance tout en lui faisant un signe de tête. Elle le regarda et lui sourit, tout en continuant de conseiller le client. Un peu plus tard dans la matinée, alors qu'aucun d'eux trois n'était occupé, il les remercia encore une fois et leur proposa de prendre une pause pendant qu'il les remplaçait. Il était épuisé avec un mal de crâne pas possible, mais il savait que c'était le prix à payer pour avoir, encore une fois, passé la nuit avec un inconnu.

Dorian avait 33 ans et avait passé sa vie entière à San Francisco. Il n'avait jamais vraiment aimé l'école. Ce n'était pas fait pour lui. Il avait vite abandonné ses études pour des petits *jobs* alimentaires lui offrant son indépendance. À 19 ans il avait quitté la maison de ses parents dans la banlieue de San Francisco et avait commencé à travailler. Il était très bon dans le relationnel et la vente, ce qui lui permit d'évoluer rapidement dans le commerce.

Il s'agissait d'un matin comme tous les autres, sauf que ce fut ce matin-là que tout commença.

Dorian était aux caisses libre-service. Toutes les caisses classiques avaient progressivement été remplacées par des caisses automatiques. Un signal rouge s'alluma au-dessus de la caisse numéro 4. Cela attira son attention. Un client, paraissant très pressé, attendait qu'on vienne l'aider. Il le reconnut tout de suite. Il s'approcha de lui, passa son badge employé pour débloquer le système, tapota sur l'écran et repassa l'article mal scanné. Le client écoutait sa musique à fond, et ne remarqua presque pas que Dorian était venu l'aider à régler son problème. Il avait reconnu la musique à travers son casque. Les caissiers étaient presque devenus invisibles pour les clients qui faisaient tous leurs courses sans réfléchir, ou justement en réfléchissant trop et ne prêtant plus attention à leur environnement. Après quelques clics sur l'écran la caisse était débloquée. À ce moment-là, le client leva finalement les yeux. Il croisa le regard de Dorian. Pendant un instant, Dorian aurait juré qu'il se passait quelque chose entre eux. Une connexion. Un échange, juste à travers le regard. Dorian aurait voulu lui parler, lui dire n'importe quoi juste pour prolonger cet échange. Mais, alors qu'il pensait qu'il allait lui sourire en retour, le client tourna rapidement sa tête vers la machine, quittant son regard, et scanna son prochain article en murmurant un inaudible « merci ».

Ce n'était pas la première fois que Dorian voyait ce client faire ses courses ici. Il l'avait déjà remarqué depuis quelques temps. Il était peut-être nouveau dans le quartier. Il venait en tout cas généralement le matin, sûrement avant d'aller à son boulot. Il prenait toujours la même chose : des pancakes, une banane et un vegan yogurt. Il le trouvait tellement beau. Tellement sexy. Il adorait sa façon de s'habiller. Il avait déjà noté certaines

de ses mimiques comme sa façon de se passer constamment la main dans les cheveux pour remettre sa mèche rebelle derrière son oreille. Bien sûr il aurait aimé expliquer autrement que par la beauté pourquoi il était autant attiré par lui. Il trouvait ça trop superficiel. Il dégageait quelque chose qui lui avait donné envie de le connaître dès l'instant où il l'avait vu. C'était chimique. Il avait déclenché quelque chose en lui qu'il n'expliquait pas. Il se demandait s'il était gay. Il y avait de grandes chances, mais il n'en était pas sûr. Et puis quand bien même, que ferait-il de cette information ? Cet homme paraissait froid et distant. Il n'avait jamais vraiment prêté attention à Dorian, que ce soit les autres jours ou il l'avait vu dans le magasin ou à l'instant alors qu'il venait de l'aider. Ce premier échange très distant ne lui avait pas vraiment donné envie de faire un nouveau pas vers lui, même s'il le trouvait extrêmement charmant.
Un fantasme que Dorian rangerait dans un coin de sa mémoire.

Dorian finit sa journée en milieu d'après-midi. Kelly et David étaient déjà partis. Il passa rapidement au vestiaire se changer et prendre son sac. Il sortit comme d'habitude par le parking et reprit son vélo derrière la boutique. En chemin il s'arrêta comme tous les jours après le travail à sa salle de sport. Aujourd'hui il avait son cours collectif hebdomadaire de cross fit avec son coach. Cela faisait un an qu'il prenait des cours avec lui. Il avait développé une masse musculaire importante en même pas un an. Il s'était métamorphosé. Dorian avait toujours eu un physique plutôt fin et les épaules un peu basses. Il avait décidé de se mettre sérieusement au sport et de gagner en posture et en volume. Et ça fonctionnait. Après une heure de sport intense, il partit prendre sa douche dans les vestiaires. Son coach Taylor était là aussi. Il avait l'impression qu'il essayait de lui envoyer un signal pour qu'ils se retrouvent dans le sauna. Rien de très surprenant pour une salle de sport du quartier de Castro, le quartier gay historique de San Francisco. Taylor n'était pas spécialement subtil. C'était le genre de coach à coucher avec tous ses élèves se dit-il. Dorian fit mine de ne pas comprendre. Il se doucha rapidement et sortit des vestiaires sans passer par la case sauna.

En sortant de la salle il écrit à son « ami » Jason. Jason était un ami régulier dirons-nous. Ils se voyaient chaque semaine depuis un peu plus d'un an. Il lui proposa de passer chez lui. Il pouvait y être dans moins de vingt minutes. Jason était un free-lance spécialisé en rédaction et correction d'articles ou de thèses pour les étudiants. Il était donc souvent disponible en journée. Étrangement, il refusa son invitation. Dorian ne comprenait pas. C'était la première fois qu'il refusait qu'il vienne le voir. D'habitude, même s'il n'avait pas envie de baiser, Jason était toujours partant pour une bière avec Dorian. Après tout ils étaient amis d'une certaine façon. Il pensa que Jason n'était peut-être pas seul. Cela lui paraissait très étrange. « *His loss* ». Il décida donc de rentrer directement chez lui.

Pour rentrer il ne prit pas le même chemin que d'habitude. Il faisait particulièrement beau, c'était une belle après-midi à San Francisco, il voulait en profiter. Il évita au maximum les montées interminables de la ville quitte à faire plus de kilomètres. Il observa les personnes qui marchaient dans la rue. Les gens semblaient différents. On pouvait sentir comme un sentiment d'excitation ou d'affolement. Il ne savait pas trop. Pourtant le ciel était clair et il faisait bon. Il ne comprenait pas ce contraste qu'il observait. Il constata beaucoup de monde charger leurs voitures comme s'il se préparaient à quitter la ville. C'était très étrange.

En arrivant en bas de son appartement, il déposa son vélo et l'accrocha avec son cadenas. Il sortit son téléphone de son sac à dos. Il ne l'avait presque pas consulté de la journée. C'est alors qu'il vit toutes les notifications sur son écran s'afficher ainsi que de nombreux messages de ses amis et de ses colocataires.

La Californie entrait à son tour en confinement, effectif dès le lendemain matin. Tout prenait sens.

Chapitre 12
Les premiers jours

Tout en lisant les actualités sur son téléphone, il marchait dans le couloir de son immeuble l'amenant à son appartement. Cela paraissait incroyable. Un confinement de deux semaines. Il avait l'impression d'être dans un film de science-fiction. Le genre de film où une météorite est sur le point de heurter la Terre et à l'endroit où les Américains n'ont plus que quelques heures pour trouver un abri avant l'impact. Il y avait comme un sentiment d'instinct de survie autour de lui. Il comprenait mieux maintenant cette sensation qu'il avait ressentie dehors en rentrant de son travail. Cela paraissait démesuré. Malgré les quelques informations qu'il avait pu lire au sujet de la COVID-19 quelques semaines auparavant, cette maladie lui paraissait très lointaine. Jamais il ne s'était senti vraiment concerné. Depuis deux semaines, il est vrai le sujet revenait de plus en plus, aux informations locales ou même au travail quand il discutait avec ses collègues ou ses clients. Tout le monde commençait à s'inquiéter sans prendre véritablement conscience de ce qui pourrait se passer, ici. La ville de Wuhan et de nombreuses villes chinoises s'étaient confinées. C'était la première fois qu'il entendait parler d'un tel phénomène. Mais pour autant jamais il n'aurait pensé que cela se produirait aux États-Unis. Alors qu'il ouvrit la porte de son appartement, il tomba nez à nez avec deux de ses colocataires. Des sacs de voyage étaient dans l'entrée. Ils semblaient sur le départ.

- T'étais ou ? T'as pas vu nos messages, Dorian ? On t'a appelé au moins cinq fois, lui dit Javier sans même le regarder alors qu'il finissait de préparer ses affaires.

- Salut les gars ! Non désolé j'étais à vélo et avant ça au taff je n'ai pas fait attention. C'est fou ce qui se passe. Je viens de lire les nouvelles et ton dernier message, vous partez chez tes parents ?

- Oui, on a de la chance mon père est à SF aujourd'hui, il avait une réunion chez un client. Il finit à 17 heures et passe directement nous prendre à l'appartement en voiture. Tu viens avec nous ? Tu ne vas pas rester ici. J'ai déjà prévenu ma mère, elle est d'accord pour tous nous recevoir. C'est vraiment dingue, ce qui se passe !

- Mais vous pensez vraiment que ce confinement va durer longtemps ? Ils parlent de seulement deux semaines aux informations. Ce n'est rien, deux semaines ! Ça va vite passer. Et puis vous imaginez si vous êtes porteurs du virus? Tu n'as pas peur de contaminer tes parents ? Je n'aimerais pas qu'il leur arrive quelque chose à cause de moi…

- Mon père m'a dit qu'il y en aurait pour au moins un mois, si ce n'est plus. Ils veulent éviter tout mouvement de panique, c'est pour ça qu'ils ne l'annoncent pas tout de suite. Et pour mes parents, même si on se sent en bonne santé, on fera attention sur place les premiers jours. Bon alors, tu veux venir ou tu préfères rester ici avec Jordan ?

- Je sais pas, laisse-moi appeler mon travail et voir ce qu'ils prévoient de faire, je ne sais même pas si je vais continuer à travailler…

Quelques minutes plus tard, Dorian terminait sa conversation avec son responsable. Ils avaient pris la décision de fermer son magasin le Whole Foods Market de la 24e rue. Il pouvait, s'il le souhaitait, aller travailler à mi-temps à celui de Market Street à côté de Duboce & Church avenue. Ils auraient besoin d'employés supplémentaires. Ils attendaient énormément de clients pour ces prochains jours. S'il préférait, il pouvait aussi rester chez lui et toucher alors une indemnité, le temps que l'activité reprenne. Cela ne recouvrirait pas l'intégralité de son salaire habituel, loin de là, mais cela lui permettrait aussi de faire des économies sur les sorties. Il avait surtout toujours attendu l'occasion de libérer du temps afin d'avancer sur son projet d'entreprise. Plutôt que de sombrer dans la panique il voyait dans ce confinement une aubaine pour se consacrer enfin au développement de son application. C'est vrai, tout pouvait se gérer à distance, les *free-lances* seraient toujours disponibles et il pourrait même organiser ses rendez-vous en visioconférence. C'était l'occasion rêvée.

- Bon, nous on y va Dorian, t'es sûr que tu ne veux pas venir avec nous ? On a une chambre pour toi là-bas, ce n'est vraiment pas un souci je te jure.

- Non, je vais rester ici, remercie encore ta mère. Appelez-moi dès que vous êtes arrivés et on se tient au courant de toute façon. On fera des FaceTime. Je n'en reviens pas qu'on se dise au revoir ! J'ai l'impression qu'on ne va jamais se revoir.

Les trois amis se prirent dans les bras une dernière fois. Il les regarda partir dans le couloir et ferma la porte derrière eux. Jordan, son coloc, était au téléphone dans sa chambre. Il n'avait même pas pris la peine de venir les saluer. Lui et Jordan n'étaient pas très proches. À vrai dire, Jordan n'était proche de personne de la colocation. Il était arrivé il y a presque un an et avait été très clair sur le fait qu'il ne cherchait pas d'amis. Dorian, Javier et Lucas le pensaient un peu homophobe, surtout. Dorian se dit qu'il pourrait se servir de la chambre de Javier comme de bureau. Il y installerait son ordinateur. La chambre disposait d'une grande fenêtre qui offrait une vue à 360 degrés sur la ville. Leur appartement était au sommet d'une des *hills* de San Francisco. Il serait finalement bien ici, et deux semaines cela passerait très vite, tout compte fait. Peut-être trop vite, même. Il devait d'ores et déjà se fixer une routine à respecter s'il voulait pouvoir avancer au maximum sur son projet.

Chaque jour se ressemblait. Il commençait sa journée par son projet sur lequel il travaillait toute la matinée. Il se forçait chaque matin à se lever vers 8 h 30. À 14 heures généralement, il éteignait son ordinateur. Il se préparait un déjeuner et descendait profiter du soleil quand il pouvait dans la cour privée de l'immeuble. Chaque voisin avait mis du sien pour aménager cette cour, qui était il y a encore récemment, très peu entretenue par la copropriété. C'était devenu un lieu de rencontre pour le voisinage, en respectant bien sûr les distances. Il s'était aperçu qu'en cinq ans dans l'immeuble, il n'avait jamais pris le temps de faire connaissance avec les gens à qui il disait bonjour et bonsoir tous les jours. Un voisin avait commencé par remonter une grande table stockée dans sa cave et l'avait installée dehors, pour déjeuner au soleil. Puis un autre avait descendu des sièges de jardin de son balcon. Une autre s'était mise à apporter des gâteaux de temps en temps, les après-midis. Enfin il y avait Maxime du quatrième étage qui jouait au piano chaque soir vers 18 heures et offrait un concert qui résonnait dans tout l'immeuble. Une vraie vie de voisinage s'était installée.

Ce midi, Dorian se posa à la grande table. Il consulta son Instagram et les dernières informations. Il était de plus en plus probable que le confinement se prolonge. Le père de Javier avait raison. Pourtant, il ne regrettait pas une seconde d'être resté à l'appartement.

Après son déjeuner il faisait son sport. Il s'était installé une salle de sport improvisée dans la chambre de Lucas, son troisième colocataire. Il avait récupéré chez un voisin une barre de traction et un tapis de sport, et chez un autre des poids de musculation. Il avait donc tout le nécessaire pour continuer sa routine sportive journalière. Même son coach Taylor organisait des lives sur Instagram. Il s'y connectait occasionnellement pour se donner un peu de motivation et avoir l'impression d'être socialement toujours actif.

Puis vers la fin d'après-midi, il en profitait pour faire toutes ces choses qu'il n'avait jamais le temps de faire : lire, cuisiner, regarder des documentaires sur YouTube. Il était incroyable de constater à quel point la créativité avait explosé pendant cette période si particulière.

C'était peut-être le soir qu'il se sentait le plus seul. Jordan ne respectait pas du tout le confinement et s'arrangeait toujours pour sortir. Dorian se retrouvait seul la plupart du temps. Devant ses séries ou des films. C'était le soir où il commençait de plus en plus à regretter de ne pas être en couple. Il n'en avait jamais vraiment eu envie jusqu'à présent. Il était très heureux de sa vie de célibataire sans contraintes, sans attache. Il aimait faire des rencontres bien sûr, mais sans plus. Il avait eu de nombreuses histoires, courtes voir très courtes, et n'avait jamais vraiment cherché à vivre le grand amour. Mais plus les soirées passaient, plus il y songeait. Ne serait-il pas agréable de regarder un film dans les bras de son amant ? De cuisiner pour deux personnes ? De partager un verre dans la cour tout en regardant les étoiles. De faire rire sa moitié ? D'aller se coucher à ses côtés ? De fermer les yeux et les rouvrir tous les jours et de le retrouver ?

Oui, il y pensait de plus en plus chaque soir et ne se doutait pas de la surprise que son inconscient lui préparait.

Chapitre 13
Le colis (bis)

Trois semaines s'étaient écoulées depuis la mise en confinement du reste du monde, après la Chine en fin d'année et l'Europe quelques semaines après. Dorian n'avait pas vraiment eu le temps de réfléchir à un plan B. L'annonce du confinement avait été presque immédiate. Suite au départ de ses colocataires, il partageait donc le grand appartement avec son troisième colocataire, Jordan. Ils ne s'entendaient que très moyennement, il aurait largement préféré que Lucas ou Javier restent plutôt que lui. Ce sera peut-être l'occasion d'apprendre à mieux se connaître, s'était-il dit au soir où il avait appris la nouvelle. Trois semaines après, les choses n'avaient pas évoluées, et lui et Jordan jouaient les *roommates* cordiaux mais sans plus. Ce n'était pas grave, de toute façon dans sa tête son projet était clair : profiter du confinement pour avancer sur l'entreprise qu'il voulait lancer.
Après des jours et des jours de travail, il avait enfin validé les premiers artistes avec qui il travaillerait et avancé sur l'UX et le développement de son site. Kelly l'avait mis en relation avec un ami à elle développeur pour réaliser son application. Finalement, il y avait du bon à rester enfermé chez soi du matin au soir. Entre deux e-mails, Dorian rêvait tout de même d'évasion. Il rêvait de nature, de grands espaces, de forêts, de baignades. Il rêvait aussi de moments simples avec ses amis à refaire le monde autour d'une bonne bière en contemplant les étoiles.

Jusque-là il ne s'était autorisé aucun écart pendant ce confinement. Il avait respecté à la lettre les directives d'isolation du gouvernement. Il n'avait vu personne, mis à part certains des voisins. Un soir, nous appellerons ça un moment de faiblesse, il avait tout de même tenté d'écrire à Jason pour lui proposer de se voir et s'amuser un peu. Mais Jason avait décliné. Il était beaucoup trop angoissé par cette maladie et ne voulait prendre aucun risque. Il prit cela comme un signe, aucune distraction, aucune excuse, il allait penser à lui et devait finaliser son projet avant la fin du confinement qui semblait se prolonger longuement.

Ce soir-là il était seul dans l'appartement. Jordan son colocataire était encore sorti en cachette la veille et n'était pas rentré. Il était sûrement parti chez son ex. Tant mieux, Dorian avait l'appartement pour lui tout seul. Il en était à son troisième épisode de *La Casa de Papel* sur Netflix et décida de se rouler un joint. Il était fatigué et savait pertinemment que s'il fumait, cela allait l'achever. Il ne lui en restait plus beaucoup. Il se demanda d'ailleurs comment il ferait si le confinement persistait trop longtemps. Il alluma son pétard et avala quelques bouffées. Il se connaissait bien, après seulement deux ou trois inhalations, ses yeux se fermèrent et il s'endormit dans son canapé.

- Vous ne comprenez pas Monsieur, le système informatique de notre prestataire est éteint, je peux rien faire pour vous. Je suis vraiment désolé, dit David à un client impatient de récupérer un colis.

Dorian entendait les échanges entre David et le client. Il sentait que le ton commençait à monter. Il s'avança vers eux.

- Bonjour Monsieur, en quoi pouvons-nous vous aider aujourd'hui ? reprit Dorian.

David ne laissa pas la parole au client, il lui tourna le dos et expliqua la situation à Dorian.

- Monsieur souhaite récupérer un colis commandé sur internet et qui a été livré dans notre magasin? Il est très certainement en réserve mais je ne peux plus le sortir. Je lui explique que depuis 20h ce n'est malheureusement plus possible et qu'il faudra repasser demain matin, expliqua David sur un ton énervé et hautain, pensa avoir le soutien de son manager.

- Très bien je comprends, merci beaucoup David, je vais m'occuper de monsieur et reprendre le sujet, je te laisse aller fermer les caisses.

David n'en revenait pas. Son petit sourire disparut aussi vite. Il partit vexé par le ton et le comportement de Dorian qui ne l'avait pas défendu. Dorian leva les yeux et fixa le client. Il l'avait reconnu. Il le connaissait très bien. Il l'avait déjà vu dans la boutique plusieurs fois. C'était l'occasion de pouvoir enfin lui parler. Même si leur première rencontre aux caisses n'avait pas été un franc succès. Il ne savait pas encore comment il allait pouvoir l'aider mais il fallait vite trouver une idée. Il ne savait pas pourquoi, mais une connexion s'était faite quelques semaines auparavant, le jour où il l'avait aidé à faire ses courses. Il avait depuis cette envie folle d'apprendre à le connaître. C'était physique et chimique.

- Monsieur, enchanté je me présente je suis Dorian. Je suis manager du magasin (il grossit un peu son titre), montrez-moi votre pièce d'identité et le QR Code de votre commande, je vais voir ce que je peux faire, demanda Dorian avec un air froid et beaucoup d'assurance. Cachant en réalité sa timidité.

Le client tendit son permis de conduire et le code sur son téléphone. Il prit en photo les documents avec son smartphone. Il abandonna le client un instant. Il réfléchit et soudain eut une idée. Il revint en souriant et donna rendez-vous au client derrière le magasin dans une vingtaine de minutes. Il s'appelait Aaron.

Il était surexcité. Il dit au revoir à Kelly et David et fila dans les vestiaires. Il promit à David de tout lui expliquer demain et de ne pas mal prendre la manière dont il lui avait parlé. Il se changea rapidement, jeta son tablier, enfila son jean et un t-shirt propre de son casier. Rajoutant une touche de parfum, il prit son casque de vélo et alla dans la réserve. Il chercha partout le colis « Aaron Haidan ». Il en profita pour regarder quelques infos de la carte d'identité. Lui et Aaron avait deux ans de différence. Même sur sa pièce d'identité il le trouvait incroyablement sexy. C'étaient ses yeux et son visage fin et masculin à la fois qu'il trouvait magnifiques. Bref, pas de temps à perdre, il attrapa le colis Amazon. Voici son plan : il allait prendre en photo le code barre à scanner du colis et le scannerait demain depuis son téléphone en arrivant au travail.
Il sortit du vestiaire, passa le long couloir et ouvrit la porte arrière du magasin. Aaron l'attendait sur le parking employé.

Dorian s'avança vers Aaron. Il regardait au sol et appréhendait le moment où leurs regards allaient à nouveau se croiser. Aaron allait-il le reconnaître et se souvenir qu'ils s'étaient déjà parlé ? Il en doutait. Face à lui, il leva la tête et lui tendit son colis. Il le regarda droit dans les yeux, intensément. Ils échangèrent rapidement quelques mots, mais Aaron semblait pressé.

Il ne savait pas trop quoi en penser, peut-être n'était-il pas intéressé ? Peut-être avait-il déjà quelqu'un ? Bref, Aaron le remercia et s'en alla dans le Uber qu'il avait déjà commandé et qui l'attendait en *warnings* à l'autre bout du parking, laissant Dorian seul sur le parking. Dorian resta là un instant sans bouger. Le parking était sombre et peu éclairé.

Quelques minutes après le départ d'Aaron, il mit son casque et alla chercher son vélo. Il était énervé et triste en même temps. Il avait eu l'opportunité qu'il attendait pour enfin lui parler. L'opportunité de transformer ce moment en une rencontre digne d'un film, mais il n'en avait rien fait. Qu'allait-il faire à présent ? Attendre qu'Aaron revienne faire ses courses et lui dire bonjour tout en le regardant passer ses légumes et son papier toilette à la caisse ? Il y avait mieux comme deuxième rencontre, non ? Il sortit son smartphone, alla sur l'application Instagram et se lança à sa recherche. Quatre amis en commun, il le reconnut immédiatement. Il parcourut rapidement son profil et ne perdit pas une seconde pour lui envoyer un message privé, espérant qu'il le lise.

Message envoyé.

Aaron était connecté. Un petit point vert était affiché à côté de sa photo. Il décida d'augmenter ses chances et *lika* quatre photos de sa grille Instagram avant de l'ajouter en ami dans la foulée. Il n'avait rien à perdre. Il attendit quelques secondes, voir si Aaron répondait. Le petit point vert disparut. Il était parti.

Dorian mit finalement son téléphone dans sa poche et se mit en route. Il pensa à Aaron, à son visage et à leur rencontre sur tout le chemin du retour. Il se refit la scène en boucle dans sa tête, imaginant tous les scénarios qu'il aurait dû déclencher plutôt que celui qui s'était vraiment passé. Il ne regarda pas son téléphone une seule fois sur le trajet, espérant qu'en arrivant chez lui il lirait une réponse d'Aaron. Dorian adorait se faire des challenges de ce type.

« Si j'arrive à faire ça, alors il m'arrivera ça en retour ».

Il faisait particulièrement doux et beau ce soir-là. Il était bercé par sa balade à deux roues face à un ciel rosé et bleu et le soleil presque couché. Arrivé en bas de chez lui, il déposa son vélo sur le parking à vélo de son immeuble. Il verrouilla le cadenas autour de la roue et du cadran. Il enleva son casque et sortit son téléphone de sa poche. Déception. La seule notification qu'il avait, c'était un message de Lucas, son coloc, qui lui donnait l'adresse d'un bar où le rejoindre. Il était avec Javier et leur bande d'amis. Triste de ne pas avoir eu de réponse de la part d'Aaron, il remit son casque sans même passer par chez lui et se décida à rejoindre ses amis. Il leur raconterait ce qui lui était arrivé ce soir autour d'une bonne bière fraîche, et tout irait mieux, se dit-il. Sa rencontre avec Aaron au magasin était déjà classée sans suite. Après tout, il se faisait des films, comme d'habitude. Il ne connaissait même pas Aaron. Il ne savait même pas s'il était gay. Il s'était encore monté la tête, tout seul. C'était seulement un client qui voulait récupérer un colis.

Rien de plus.

Il n'avait pas idée de la tournure qu'allait prendre sa soirée et qu'il venait bel et bien de faire la rencontre de l'homme de sa vie.

C'est le détecteur de fumée qui réveilla en sursaut Dorian. Rien de grave heureusement, il était juste très sensible, et son joint s'était entièrement consumé dans le cendrier laissant un petit nuage de fumée s'échapper. Dorian s'était endormi peut-être vingt minutes. Toutes les images de son rêve revenaient les unes après les autres. Il n'en revenait pas. Le niveau de détail et de réalité de ce rêve était impressionnant. Il n'avait jamais fait de rêve comme celui-ci. Il reconnut tout de suite le visage de ce client mystère pour qui il craquait depuis plusieurs semaines. Le prénom Aaron lui allait si bien. Dorian avait le sourire, il était très amusé par ce rêve, bien que déçu de s'être réveillé aussi tôt dans leur histoire. Après trois semaines seul, il avait eu l'impression ce soir de retrouver son ancienne vie. Le travail, ses collègues, cet amoureux mystère, le piquant du quotidien.

Il se leva du canapé. Il rangea son assiette dans la cuisine, nettoya rapidement la table du salon. Il débarrassa le cendrier et en profita pour aérer l'appartement. Après dix minutes il referma la fenêtre du salon et se dirigea vers sa chambre. Il retira son jean et le déposa sur la chaise de son bureau. Il enleva son t-shirt et son caleçon et les mit dans sa corbeille de linge sale. Il alla dans la salle de bain pour se laver les dents. Il éteignit toutes les lumières de l'appartement et se mit au lit. Il regarda une dernière fois son téléphone et répondit aux quelques messages qu'il avait sur Instagram. Il avait le choix, soit tout de suite le poser sur sa table de nuit soit tomber dans la spirale infernale de ce réseau social et rester connecter trente ou quarante minutes à perdre son temps sans même s'en apercevoir. Il mit tout de suite le mode avion et prit un livre. Il lut quelques pages mais ses yeux se fermaient. Il tenta de résister mais en vain. Il eut à peine le temps de poser le livre et demander à Siri d'éteindre la lumière de sa chambre qu'il s'endormit.

Il avait l'habitude de dormir nu et seul. Ce qu'il ne savait pas c'est qu'il se réveillerait nu, mais dans les bras d'Aaron.

Chapitre 14
Seul avec toi

Jordan n'était jamais revenu à la coloc. Il avait tout de même pris la peine d'envoyer un whatsapp à Dorian pour lui dire qu'il s'était remis avec son ex, une grande blonde clichée de Los Angeles. Cela ne le dérangeait en aucun cas. Bien au contraire, celui-ci pourrait continuer d'avancer sur son projet tranquillement, et surtout, retrouver Aaron dans ses rêves tous les soirs. Au début il pensait que c'était la marijuana qui lui faisait ça. Il essaya de dormir un soir sans fumer (une mauvaise habitude qu'il entretenait depuis plus de dix ans), et même en tombant dans les bras de Morphée juste de fatigue, Aaron apparaissait à chaque fois dans ses rêves.

Leur histoire avançait au rythme des nuits. Il ne comprenait pas ce qu'il se passait et comment cela était possible. Mais il aimait ça. Il avait lu beaucoup d'articles sur Google au sujet des rêves. « Faire tous les soirs le même rêve : quelles significations ? » Une alerte, selon certains forums. L'inconscient qui nous prévient qu'il faut agir sur quelque chose, affronter quelque chose. Mais quoi ? Agir sur le fait d'être célibataire ? Agir sur le fait de vivre un peu trop à travers le fantasme ? Il ne comprenait pas. Et puis il ne trouvait pas vraiment de sites précisant « je fais toujours le même rêve, et l'histoire de mon rêve avance... ». Il s'auto-analysa et en arriva à la conclusion suivante :

- Ok, je suis seul dans mon appartement depuis près de deux mois, on vit une situation absolument exceptionnelle, forcément mon inconscient ou mon cerveau est chamboulé. Il n'y a pas d'alerte à se faire, il n'y a rien de grave, et surtout je fais de mal à personne. C'est une réaction inattendue, certes, mais à situation exceptionnelle, réaction exceptionnelle, se dit-il à voix haute. D'ailleurs, ça y est je parle aussi à voix haute tout seul maintenant, il y a sûrement un grain de folie en plus dans tout ça, enchaîna-t-il.

Aaron avait fait les études que Dorian n'avait jamais pu faire. Non pas que ses parents n'avaient pas les moyens de financer une bonne école, mais il n'avait jamais vraiment eu envie de continuer trop longtemps dans le système scolaire et d'aller à l'université. Aussi étrange que cela puisse paraître, dans ses rêves, Aaron le conseillait et l'aidait à avancer sur son projet. Et ils avançaient très vite ensemble. Aaron était quelqu'un de brillant, de très intelligent. Il avait une vision. Il comprenait facilement les problématiques et proposait des conseils de qualité. Même quand il pensait se reposer, finalement Dorian passait ses nuits à discuter avec Aaron de sa future entreprise. Et la journée, il appliquait tous les précieux conseils qu'il lui avait donnés. Il se dit qu'au fond de lui il avait sûrement cette matière grise, et que son inconscient la retranscrivait la nuit à travers Aaron. C'était tellement étrange, mais au moins son projet avançait.

Dorian développa rapidement une forte admiration pour Aaron. Dorian avait un faible pour les hommes dans son genre. Le genre de garçon très intelligent qui aime rester légèrement en retrait. Non pas qu'Aaron manquait d'assurance, enfin ce n'était pas ce que se disait Dorian. Pour lui Aaron était simplement un garçon brillant mais discret. C'est ce qui faisait son charme. Il n'étalait rien de son savoir pour recevoir de l'attention en échange. Il n'en avait pas besoin. Quitte à devenir parfois un peu invisible, mais cela lui importait peu. En revanche, dans l'intimité, dans sa zone de confort, il était souvent l'élément central qui attirait tous les regards. Et Dorian était fier d'avoir un petit ami comme lui.

Bien sûr ils ne passaient pas leur temps à parler que de travail. Mis à part les sorties, les balades et les dîners, ils savaient aussi profiter l'un de l'autre et rester de longues heures au lit à se faire des câlins. Il n'aurait su l'expliquer, mais Dorian ressentait une vraie chaleur humaine la nuit, même s'il était seul dans son lit. Il sentait son corps plus chaud, sa couette et son lit plus chauds. Comme si la chaleur du corps d'Aaron arrivait à imprégner ses draps depuis ses rêves. Depuis le premier jour où il avait croisé son regard, Dorian était très excité par Aaron. Il avait envie de lui, tout le temps. Il avait envie d'être à lui, d'être en lui ou de le sentir lui faire l'amour. Le sentir contre sa peau. Sentir ses bras le serrer fort. Sentir sa bouche parcourir son corps. Jamais Dorian n'avait fait de rêves érotiques aussi forts que ceux qu'il partageait avec Aaron. Un soir, alors qu'il finissait sa journée de travail, il dit au revoir à son collègue David et se dirigea vers la réserve. Il passa la porte des employés. Et là, dans le couloir, Aaron était là à l'attendre. Il ne savait pas comment il était arrivé là mais il s'en moquait. Ils se jetèrent l'un sur l'autre avant de s'enfermer dans les vestiaires. Ils s'embrassaient sauvagement, avec passion. Sans jamais que leurs lèvres ne se séparent, ils se déshabillèrent mutuellement. Aaron toucha Dorian qui était déjà très dur. Il était en érection depuis l'instant où il l'avait vu dans le couloir. Il mourrait d'envie de lui, il le sentait. La chimie qui les liait décuplait leurs capacités à ressentir les émotions de l'autre. Aaron se baissa tout en embrassant le torse musclé de Dorian. Il se mit sur ses genoux et prit le sexe de Dorian. Il ne lâcha pas une seconde le regard de Dorian. Il était tellement excité.

Cela fut bref mais très intense. Les deux amants jouirent de leur passion en même temps. Aaron s'en alla en souriant et laissant Dorian debout, nu, dans les vestiaires, qui se remettait de ce qui venait de lui arriver. Ce matin-là, les draps de Dorian étaient trempés.

Aaron faisait un bien fou à Dorian. Il lui faisait complètement oublier la réalité, si on peut l'appeler ainsi, de ce qui se passait quand il était éveillé. Il lui faisait oublier le confinement. Il lui faisait oublier qu'il était seul chez lui. Il lui offrait une distraction et lui permettait de s'évader quelques instants alors que toutes les nouvelles restrictions COVID l'en empêchaient.

Dorian avait rapidement présenté Aaron à ses amis. À l'unanimité, ils l'adoraient. Ils le trouvaient captivant, drôle et attentionné. Ils aimaient la façon qu'il avait de regarder Dorian et de le mettre en avant. Ils aimaient sa bienveillance et sa sincérité. Mais surtout, ils adoraient voir leur ami si heureux. Dorian était quelqu'un de très joyeux, très avenant et très drôle. Avec une personnalité en or comme la sienne, ses amis avaient du mal à comprendre comment il pouvait être encore célibataire. Bien sûr Dorian n'avait pas besoin de quelqu'un pour être heureux, et ses amis n'avaient jamais été inquiets pour lui de le voir « seul ». Ils savaient que Dorian voyait beaucoup de monde, sortait beaucoup. Il avait plusieurs partenaires, plus ou moins réguliers, qui lui offraient une vie intime à en faire rougir plus d'un. Mais le voir maintenant accompagné d'Aaron, ce pilier qui lui manquait, voir leurs regards complices, cela les remplissait de joie. Dorian disait souvent qu'il se moquait d'être célibataire. Qu'il vivait très bien ses moments de solitude, et qu'il en avait fait des moments pour lui. Mais ce qui lui manquait le plus c'était, souvent en soirée entre amis par exemple, de pouvoir échanger un regard avec ce « complice » depuis l'autre bout de la pièce, et savoir que son âme-sœur était juste-là à ses côtés. Recevoir son énergie, comme un shoot de bonheur, et reprendre sa conversation de son côté. Cela peut paraître anodin, mais c'est ce qui faisait vibrer Dorian. C'est ce qu'il leur avait toujours dit et ce qu'ils avaient toujours attendu pour leur ami. C'est ce qu'il avait enfin trouvé.

Chapitre 15
Accepter de rêver ?

Pour Dorian, il était facile de vivre son rêve et son histoire avec Aaron. Seul dans son appartement, il ne rendait de compte à personne et pouvait s'évader quand bon lui semblait. Pendant le confinement, une nouvelle mode s'était rapidement installée. Les apéritifs virtuels. Chacun organisait à tour de rôle des apéros via différentes applications de vidéoconférence. L'occasion de maintenir un lien social face aux règles d'isolement mises en place. Au début, Dorian retrouvait presque tous les soirs son groupe d'amis. Ils jouaient en ligne au poker ou à d'autres jeux de cartes, tout en partageant une bière derrière leurs écrans. Ces apéritifs virtuels étaient l'occasion pour chacun de partager ce qu'il avait fait pendant la journée et surtout spéculer sur les dernières informations et rumeurs qui circulaient autour du nouveau coronavirus. Dorian en profitait lui, pour parler de ses projets à ses amis et de l'entreprise qu'il était en train de monter. Il leur présentait ses plans et l'avancée de sa réflexion sur son application, qui consistait à mettre en relation les artistes. Il leur demandait leur avis, beaucoup d'entre eux, en tant qu'artistes, étaient potentiellement ses futurs clients. Il omettait bien entendu de préciser qu'il ne travaillait pas seul sur ce projet et qu'Aaron le conseillait chaque soir.

Mais plus le temps passait, moins Dorian ne se connectait.

Au fur et à mesure que les semaines de confinement s'enchaînaient, plus il se renfermait sur lui-même. Il trouvait des excuses pour ne plus se joindre au groupe virtuel et ne pas rejoindre Javier et Lucas, jusqu'au jour où il ne prit même plus la peine de se justifier. Jordan ne revenait plus à l'appartement et Dorian s'était créé un nouveau quotidien, seul. Enfin presque seul. Il avait sa routine. Chaque journée était identique, mais il savait une chose : ses nuits, elles, ne se ressemblaient jamais. C'était devenu le meilleur moment de sa journée : le moment où il retrouvait Aaron. Comment pouvait-il expliquer à ses amis qu'il préférait aller se coucher pour rejoindre son ami imaginaire plutôt que de jouer avec eux à une partie de Monopoly en ligne ? Il voyait le confinement comme une opportunité pour apprendre à se détacher de la réalité virtuelle dans laquelle il vivait depuis des années. Toujours derrière son écran. Toujours à l'affût du moindre message whatsapp, de la moindre notification Instagram. Ce geste incessant de regarder des centaines de fois son écran dans la journée pour voir si une nouvelle notification était disponible. Marcher dans la rue le regard figé sur son écran plutôt que sur le monde qui nous entoure. L'évasion que lui offraient ses rêves était bien plus intéressante. La journée il était très productif, il se consacrait pleinement à son projet. Il passait ses journées au téléphone à démarcher de nouveaux artistes et discuter avec le free-lance qu'il avait contacté pour le développement de son application. Le soir, il préférait s'évader dans ses rêves que de fixer encore son écran pour discuter avec ses amis.

- Aaron, mon chéri, je rêve d'évasion, littéralement. J'ai besoin de changer d'air. Viens avec moi et on part à la plage aujourd'hui ! On prend une bouteille de vin, une couverture, et on part contempler l'océan, regarder le soleil se coucher et écouter le bruit des vagues.

- Bien sûr, tout ce que tu veux. Mais pourquoi maintenant, qu'est-ce qui a déclenché cette envie soudaine d'évasion ? demanda Aaron surpris.

- Je sais pas, mais je ne veux plus penser à rien. J'ai juste envie d'être bercé par la nature et partager ce moment avec toi, et seulement toi. Ça peut paraître étrange, mais j'ai l'impression de ne pas avoir vu le monde et sa beauté depuis très longtemps, lui répondit-il d'une voix mélancolique.

Dorian n'avait jamais parlé à Aaron du confinement, et encore moins de leur rêve. Il avait peur que cela mette fin à leur idylle. Il faisait tout pour préserver cette seule carte qu'il avait entre ses mains, ce qui lui donnait l'impression que le monde tournait toujours. Dorian n'était pas croyant, mais chaque jour il remerciait Dieu d'avoir la chance de pouvoir encore sortir de chez lui grâce à ses rêves. La chance de pouvoir encore s'évader dans les rues de San Francisco, sentir l'air frais et iodé du bord de plage ou encore l'odeur des grands séquoias de l'autre côté du pont du Golden Gate. La chance de pouvoir flâner aux côtés d'Aaron le long d'un marché aux fleurs sans se soucier d'un mal encore très peu connu qui se balade à leurs côtés. Il attrapa la main d'Aaron et ferma les yeux.

Quelques secondes plus tard, face à lui, l'océan à perte de vue... Comme il le voulait, il s'était transporté sur la côte ouest de San Francisco, au niveau d'Ocean Beach. Une grande plage du littoral sur l'océan Pacifique sur laquelle il avait l'habitude d'aller les week-ends avec ses amis. À ses côtés, Aaron. Ils étaient seuls. Le ciel commençait doucement à changer de couleurs, laissant place à un rose et jaune or perçant. Puis vint un rouge feu qui se reflétait dans les vagues qui venaient claquer sur le sable encore chaud sur lequel ils étaient assis. Il toucha le sable et en prit une poignée dans sa main. Il avait oublié à quel point la sensation était apaisante. Il jouait avec les grains avant de les faire tomber du creux de sa main. Comme un sablier, chaque grain lui caressait la paume de la main avant de s'évader dans le vent. Il reposa sa main dans le sable. Puis doucement, il se colla à Aaron. Il appuya son bras sur le sien. Il posa sa tête sur son épaule. Il sentait sa respiration et son souffle sur son visage. Les pulsations de son cœur résonnaient à travers tout son corps. Il se souvenait de cette sensation. C'était la même sensation qu'il éprouvait quand la musique si forte qui l'entourait dans ses soirées électro rythmait ses artères, en écho avec son cœur. À cet instant, plus rien n'avait d'importance. Le monde réel et le monde imaginaire ne faisaient plus qu'un. Et ce monde, il le partageait avec son Aaron. Il savait qu'il l'aimait. Cela n'avait pas d'importance si demain matin il n'était pas à ses côtés. Maintenant il savait ce que c'était que d'aimer. Aaron le regarda dans les yeux.

- Je suis bien là avec toi. Parfois j'aimerais que le monde se mette en pause, et que mon seul but, la seule raison de me lever soit de passer ma journée avec toi.

Il ne pensait pas si bien dire.

- Tu n'as pas idée à quel point moi aussi ! Ce que tu dis me parle. Tu sais, avant toi, jamais je n'aurais pensé aimer quelqu'un autant. À chaque fois que je te retrouve, c'est comme si je me retrouvais aussi. Toute ma vie c'est comme si je m'étais préparé à te rencontrer et à t'aimer. Je n'ai jamais été du genre romantique, et pourtant avec toi, j'ai envie de vivre et te faire vivre tout ce qu'on voit dans les films.

Il n'avait pas idée à quel point ces mots lui auraient plu.

Aaron n'avait pas quitté une seconde le regard de Dorian. Il se rapprocha doucement de ses lèvres, et tout en fermant doucement les yeux, l'embrassa. Avec sa main droite, il caressa doucement sa joue, déposant quelques grains de sable dans sa barbe. Dorian descendit doucement le long du cou d'Aaron tout en l'embrassant. Sa peau était légèrement salée. Les yeux toujours fermés, il posa sa tête dans le creux de son épaule et le serra fort dans ses bras. Il prit une grande respiration comme s'il voulait enregistrer son odeur. Il voulait s'imprégner de lui. Le ciel était à présent noir. On ne pouvait voir aucune étoile ce soir-là, mais la lune éclairait l'océan. Le vent froid commençait à souffler autour d'eux. Dorian le serrait de plus en plus fort. Il releva la tête et doucement ouvrit les yeux. Il sentit une larme qui coulait le long de sa joue. Il passa sa main dessus pour la sécher. Il faisait jour. Il était à nouveau chez lui, seul, mais plus heureux que jamais de l'avoir revu.

Rêver était la meilleure chose qu'il avait à vivre.

Chapitre 16
Rêve ou réalité (bis)

Dorian était face à Aaron. Il était tellement content de le revoir, mais il ressentait quelque chose d'anormal.

- Tu vas bien ? Tu m'as tellement manqué aujourd'hui, je ne sais pas pourquoi mais j'ai l'impression qu'on ne s'est pas vu depuis très longtemps. Je t'ai senti loin de moi aujourd'hui, je suis tellement content de te retrouver, dit Dorian en regardant Aaron.

Le regard d'Aaron n'était pas comme les autres soirs. Aaron, tourna un peu les yeux et se lança dans un long monologue, ne laissant pas un seul instant la parole à Dorian.

Dorian regardait Aaron droit dans les yeux. Il n'en revenait pas. Il ne s'attendait pas à cette confession. Dorian était tétanisé, il tremblait, mais le début d'un sourire sur son visage commençait à se former. Il avait les yeux qui brillaient, remplis de larmes.
À quelques jours de la fin du confinement, Aaron venait de lui expliquer que leur histoire n'était qu'un rêve. Que dès qu'il fermait les yeux, il le retrouvait. Qu'en réalité le monde était confiné et que lui et ses amis s'étaient retirés en dehors de la ville.

Si en allant se coucher ce soir-là on lui avait dit que son rêve était un rêve partagé, il n'aurait pas su dire ce qui était le plus fou : être amoureux dans ses rêves où partager un rêve avec un inconnu. En tout cas il y croyait. Il allait pouvoir lui aussi tout lui expliquer à son tour, même si cela paraîtrait encore plus fou. Il allait pouvoir lui dire qu'il n'était effectivement pas seul dans ce rêve. Pouvoir lui dire que lui aussi vit son confinement et le retrouve tous les soirs depuis des mois. Pouvoir lui dire qu'il l'aime. Qu'il l'aime comme il n'a jamais aimé personne. Il allait pouvoir lui dire qu'ils s'étaient déjà rencontrés dans la vraie vie. Qu'il l'avait déjà vu plusieurs fois au magasin et qu'ils vivaient certainement à quelques rues l'un de l'autre. Que leur connexion venait sûrement de là, même s'il ne l'expliquait pas. Qu'il n'avait peut-être jamais vraiment fait attention à lui, mais que lui oui. Que cela parait impossible, mais qu'une connexion a bien eu lieu entre eux il y a quelques mois de cela. Qu'ils pourraient se réveiller et s'écrire, là tout de suite sur Instagram. Que dès qu'Aaron rentrerait à San Francisco ils pourraient se voir, en vrai.

Il allait lui dire tout ça, il ouvrit la bouche quand soudain Aaron disparut. D'un coup, tout devint noir autour de lui. Noir et multicolore à la fois. Il se sentait mal et se réveilla en sursaut. Il pleurait.

Il était tôt, 8h, peut être 8h30, le soleil se levait à peine sur la ville. Il avait des larmes sur ses joues. Que s'était-il passé ? Il prit immédiatement son iPhone posé sur table de chevet. Il enleva le mode avion et alla sur Instagram. Il écrivit « Aaron Hayden ». Aucun résultat. Il tapa alors dans Google, Facebook, LinkedIn, tous les réseaux qu'il connaissait. Aucun résultat. Il tapa plusieurs orthographes. Il chercha dans ses amis, regarda les photos de groupe espérant tomber sur une photo ou Aaron serait. Rien. C'est alors qu'il comprit. Si c'était vrai ? S'ils avaient vraiment eu une connexion et que son rêve avait bien été un rêve partagé à distance avec cet inconnu qu'il connaissait du magasin ? Si tout ça était vrai, pour autant il ne connaissait pas le vrai nom d'Aaron. Son inconscient l'avait appelé Aaron, mais il pouvait s'appeler Simon, John ou n'importe. Il n'y avait jamais pensé jusqu'à maintenant. Il n'avait même jamais pensé à taper son nom dans Google. Il fallait qu'il retrouve Aaron. Qu'il lui explique tout ça et qu'il mette en place un plan avec lui pour se retrouver. Il y croyait. Il ne voulait pas croire que tout ça n'était que le fruit de son imagination. C'était trop vrai. Il fallait qu'il trouve un moyen pour lui donner rendez-vous dans la vraie vie. Il passa la journée à y penser. Il essaya même d'aller faire une sieste espérant le revoir, mais impossible de s'endormir. Le soir, il alluma un joint, fuma en regardant la TV comme le premier soir. Il s'endormit.

Au réveil, il ne se souvenait de rien. Il n'avait pas rêvé ou tout du moins son rêve ne l'avait pas marqué. Ses draps étaient froids. Il n'avait pas eu ce sentiment depuis des semaines.

Les jours et les nuits passèrent, plus aucun signe d'Aaron dans ses rêves. Il était si triste, cela le rendait fou. La décision d'Aaron de tout lui dire avait mis fin à leur histoire et à leur connexion. La peur de l'amour, de cet amour incroyable, avait brisé ce lien extraordinaire qu'ils partageaient. Plus les journées passaient, moins Dorian arrivait à dissocier la réalité du rêve. Il ne savait plus s'il devait poursuivre cette quête de « Aaron ». Il ne savait plus s'il devait ressentir ce qu'il avait ressenti. Il n'était plus sûr de ce qu'il avait vécu pour de vrai et ce qu'il avait rêvé ces douze dernières semaines.

La ville commença à se remplir à nouveau. Les habitants qui avaient déserté en catastrophe San Francisco pour profiter de la campagne revenaient progressivement à l'annonce du déconfinement. Les magasins, les salons de coiffure, les restaurants et les bars ré-ouvraient progressivement. Dorian avait été appelé par son boss pour reprendre son activité dès le lendemain de l'annonce. Il y voyait deux avantages. Le premier, retrouver une vie sociale avec ses collègues, et le deuxième, revoir Aaron faire ses courses et pouvoir aller lui parler. Le deuxième le motivait bien plus.

Les journées passaient. Dorian n'arrivait jamais en retard au travail. Il ne prenait plus ses pauses et faisait même des heures supplémentaires espérant accroître ses chances de croiser Aaron. Mais aucun signe de lui. Où pouvait-il bien être ? Plus les semaines passaient, plus il se demandait si peut-être il ne l'avait pas complètement imaginé. Peut-être ne l'avait-il même jamais croisé en vrai au magasin. Il ne savait plus. Il n'était plus sûr de rien. Les traits du visage d'Aaron commençaient à s'effacer de la mémoire de Dorian.

Le quotidien de Dorian avait repris vite son cours. Très vite, il décida qu'il était temps d'appliquer tout ce qu'il avait mûri pendant le confinement et de prendre un nouveau chemin dans sa vie. Le confinement lui avait fait prendre conscience de beaucoup de choses, sur sa vie personnelle et sa vie professionnelle. Sur l'importance de ses proches, sur le fait qu'il fallait vivre de ses passions et les développer. Sur l'importance de prendre le temps. Que tout pouvait disparaître, ou changer, du jour au lendemain et qu'il ne fallait plus perdre son temps. Que ce qu'hier aurait paru pour un bon film de science-fiction pouvait devenir la réalité du monde dans lequel il vivait. Le temps était si précieux. Procrastiner, s'enfermer dans une routine ou dans sa zone de confort étaient les pires choses à faire.

Il n'oublierait pas son histoire avec Aaron, mais il décida de la mettre de côté et d'avancer.

TROISIÈME PARTIE

SAN FRANCISCO - OAKLAND, CALIFORNIE

2020-2023

Chapitre 17
Destins parallèles

Lior et Dorian ne se revirent jamais, que ce soit au magasin ou dans leurs rêves.

Après son retour à San Francisco, Lior avait eu besoin de changement. D'un changement radical. À peine George l'avait déposé chez lui, il rappelait Nath dès le lendemain. Il lui demanda ce qu'il faisait le soir. Il lui expliqua qu'il ne se voyait plus dormir seul dans son grand appartement. Sa première nuit sans Julian avait été particulièrement difficile, mais il n'entra pas dans les détails. Après plus de deux mois isolés entre amis dans leur maison au lac Tahoe, Lior avait maintenant peur d'affronter la solitude de son appartement. Ce même sentiment qu'il avait petit, quand il rentrait de colonie de vacances et qu'il se retrouvait seul à nouveau dans sa grande chambre d'enfant. Il proposa à Nath de venir passer la soirée avec lui. Il lui dit qu'il pourrait même rester dormir s'il voulait. Leur relation avait grandi et s'était encore plus soudée avec le confinement. Ils avaient trouvé chacun un équilibre fort à travers cette amitié et avaient besoin l'un de l'autre. Il n'y avait plus d'histoire de séduction entre eux, et Nath ne voyait maintenant en Lior qu'un très bon ami. Sans ambiguïté.

Nath retrouva Lior vers 20 heures. Il ne trouva pas de taxi et dut venir à pied. Il avait oublié à quel point il était agréable de marcher dans les rues de San Francisco. Avant, tout lui paraissait loin, il prenait les transports pour un rien. Ce soir-là, il savoura chaque kilomètre. Arrivés chez Lior, ils ouvrirent une bonne bouteille de vin de Nappa et cuisinèrent des pâtes à la sauce tomate maison. La bouteille de rouge leur rappela leur week-end avec George et Taylor quelques mois auparavant. Ils se demandèrent quand ils pourraient à nouveau passer des moments comme celui-là, avec le virus qui circulait... Et surtout si le virus allait vite être endigué. Certains parlaient de mois, d'autres d'années. Pour ne pas tomber dans la déprime, ils ouvrirent vite une deuxième, puis une troisième bouteille. Ils discutèrent toute la nuit. Cela leur rappelait leurs soirées sur le ponton face au lac. Nath resta dormir avec Lior ce soir-là. Ce n'était pas la première fois qu'ils dormaient ensemble, entre amis, mais cela faisait longtemps. Et pour une fois, Nath se sentait bien. Ils prirent deux grandes décisions ce soir-là : la première, démissionner et lancer leur propre boîte en tant que partenaires professionnels, la deuxième, emménager ensemble. La nuit portant conseil, au petit matin, alors que Lior venait d'apporter un petit-déjeuner maison au lit, les deux amis échangèrent un regard. Durant ce bref échange, ils savaient qu'ils étaient prêts à se lancer. Lior attrapa son iPad. Ils parcoururent les annonces d'appartements et de maisons dans la région. Ils répondirent à de nombreuses annonces et planifièrent des visites dès le lendemain.

Les semaines et les mois passèrent. Nath venait régulièrement chez Lior pour y faire son télétravail et en profiter pour avancer sur leur projet. Au bout de quelques mois, après avoir finalisé leur business plan et trouvé tous les partenaires nécessaires dans la région, ils prirent la décision, ensemble, un matin de présenter leur démission. Lior et Nath quittèrent en même temps leurs appartements respectifs pour s'installer dans une grande maison qu'ils avaient trouvée dans le sud de San Francisco. C'était la première et seule maison qu'ils avaient visitée à leur retour du lac Tahoe. Ils avaient eu un coup de cœur. Elle était parfaite pour accueillir le nouveau siège de leur entreprise Home You Need. Le propriétaire n'était pas pressé pour la louer, fait assez rare à San Francisco, et leur avait laissé trois mois avant de demander le premier paiement. Le temps pour Lior et Nath de finir de se préparer à ce grand et beau changement.

Après sa reprise du travail au Whole Foods Market, Dorian était épuisé par cette réalité qui était revenue, aussi vite qu'elle avait disparu. Comme si de rien n'était, l'état d'alerte générale s'était estompé, demandant à tous les employés de revenir travailler. Il était fatigué par le manque de sens dans son quotidien. Il avait besoin de changement, il avait besoin d'un projet de vie, il avait besoin d'avancer. Le confinement et les conseils d'« Aaron » lui avaient donné la possibilité d'avancer concrètement sur son projet personnel, de se recentrer sur ce qu'il aimait faire : acheter et vendre des œuvres d'art amateur. Trois semaines seulement après avoir repris son travail, il prit une lourde décision. Ce vendredi, il ferma sa caisse, dit au revoir à ses collègues et passa par le bureau de son manager à l'étage. Ils discutèrent longuement, David et Kelly se demandaient bien de quoi. Il rendit son tablier de travail ce jour-là. Il partit en très bons termes avec son patron qui lui proposa même de le réintégrer dans son équipe si son projet n'aboutissait pas. Serein, il savait qu'il ne reviendrait jamais au magasin.

Les premiers tests qu'il avait pu faire sur son application s'étaient montrés très concluants. Les utilisateurs lui avaient remonté, à travers une étude anonyme, plusieurs idées d'améliorations qu'il devrait apporter avant le lancement officiel de l'app. La mise au point de son app lui demandait beaucoup de temps et d'énergie, pourtant, il pensait toujours à Aaron. Ses colocataires lui avaient annoncé qu'ils allaient quitter leur appartement. En effet, le confinement chez les parents de Javier les avait beaucoup rapprochés au point d'être aujourd'hui en couple. Près de deux ans à vivre dans le même appartement sans que jamais il ne se passe rien… Et, moins de trois mois en confinement pour qu'ils s'aperçoivent de l'évidence de leur amour. Dorian était heureux pour eux. Il savait depuis toujours qu'ils finiraient ensemble. Il se dit qu'il était temps pour lui d'en faire de même. Changer de quotidien, changer ses repères ne pouvait que l'aider à mettre Aaron de côté. N'ayant pas les moyens de vivre seul à SF il décida d'élargir son champ de recherche : Sausalito, Oakland, Berkeley, Richmond… Il passa plusieurs semaines à visiter de nombreux appartements hors de la ville jusqu'à ce qu'il tombe sur le logement parfait, la perle rare, situé dans le centre d'Oakland. Deux semaines plus tard, il emménageait. Jordan, leur troisième colocataire se retrouva du jour au lendemain seul, contraint de trouver trois nouveaux colocataires s'il voulait espérer garder l'appartement. Son histoire avec sa grande blonde de Los Angeles pendant le confinement n'avait pas porté ses fruits. Et « tant pis pour lui », pensèrent Lucas, Javier et Dorian, avec comme un air de revanche.

C'était la première fois qu'il quittait San Francisco et qu'il vivait seul. Bien sûr il y avait eu le confinement, mais ce n'était pas pareil. De plus, Aaron ne l'accompagnait plus dans ses rêves. La journée, il travaillait énormément. Il rencontrait les artistes de la région pour leur présenter son *app* et les inciter à s'y inscrire pour ouvrir des galeries virtuelles. Au début, il était peu à l'aise. Puis, au fur et à mesure des rendez-vous, il connaissait sa présentation par cœur et savait insister sur les points les plus accrocheurs. Après quelques mois, les premiers prospects qu'il avait eu le temps de rencontrer adhéraient à son projet et il commençait à signer quelques contrats. Le confinement avait gelé les expositions de ces six derniers mois, et cette alternative digitale était une aubaine pour faire découvrir leurs œuvres. Il trouva un jeune stagiaire spécialisé en digital qu'il embaucha pour se charger de la communication et la publicité autour de son application. Il l'installa dans son salon, qui se transforma rapidement en siège de sa nouvelle entreprise. Car oui, il avait enfin réussi et accompli son rêve.

Deux changements de vies radicaux, avant même d'avoir eu la chance de pouvoir se croiser... Lior et Dorian s'étaient séparés dans leurs rêves, mais aussi dans leurs vies.

Deux ans plus tard, Lior vivait toujours avec Nath à Bernal Heights dans le sud de la ville. Ils avaient choisi cette belle maison bleue au 401 Prentiss street, avec un petit jardin au pied de la colline. Ce quartier plus résidentiel et bobo à la fois était parfait pour monter leur projet et commencer à gérer leur nouvelle entreprise, spécialisée dans la vente de produits de bien-être à domicile. Ils avaient la place au sous-sol pour gérer eux-mêmes la logistique des commandes et les stocks. Le quartier de Bernal Heights comptait de nombreux magasins avec lesquels Nath et Lior avaient noué des partenariats pour faire la publicité de leur nouvelle offre. Dorian, lui, avait continué à travailler un peu à temps partiel dans un magasin pour couvrir ses besoins et gagner un peu d'argent, tout en dégageant du temps pour avancer sur son projet. Très vite, avec l'aide de Michael son stagiaire, son projet se développa et il put s'y consacrer à temps complet. Oakland était le lieu parfait pour sa nouvelle entreprise. La ville concentrait une forte demande pour l'art amateur de la part des «

nouveaux riches » de San Francisco, qui se délocalisaient de plus en plus dans la région. De nombreux artistes y résidaient également, et Dorian avait pu les rencontrer et les mettre ainsi en relation avec des acheteurs potentiels.

Lior et Dorian connurent chacun un grand succès dans leurs projets. Ils s'étaient donné l'énergie de s'accomplir. Leur idylle mystérieuse les avait dotés de l'énergie qu'ils attendaient depuis toujours pour vivre leur vie et prendre des risques.

Un peu moins de trois ans après leur installation, Lior et Nath quittèrent finalement leur maison de Burnal Heights pour retourner dans le centre de San Francisco. Leur entreprise passait au stade 2 de leur plan. Ils avaient réussi. Ils avaient mis en place dans plusieurs commerces du coin des stations de *pick-up* où les clients pouvaient venir récupérer leurs commandes. Ils avaient aussi ouvert trois lieux de *pick-up* en propre dans la ville. Leur premier entrepôt avait ouvert dans le sud de San Francisco. La petite maison bleue ne suffisait plus. Ils venaient également de signer le bail commercial de leur nouveau siège social et *flagship* dans le centre-ville. Ils appréciaient leur partenariat professionnel et leur binôme amical. Ils partageaient la même ambition et la même vision. Nath se sentait accompli, et jamais il n'aurait pu y arriver sans Lior. Ils avaient décidé de continuer de vivre ensemble et reprirent un grand appartement à la façade victorienne, proche de leur siège, dans le centre de San Francisco. Avec les nombreux confinements ou couvre-feux imposés, la demande était devenue très forte sur la « Beauty and Health at home ». Ils avaient réussi à saisir le potentiel commercial et le créneau au bon moment, créant ainsi un service en réponse aux nouvelles attentes des citadins.

Dorian, lui, vivait toujours à Oakland. Son business étant 100 % digital, son lieu de résidence l'importait peu. Comme il l'avait imaginé, il avait développé une application qui mettait en relation les amateurs d'art avec les créateurs de la région. Via l'application, ils pouvaient échanger et parler d'art. Les créateurs présentaient virtuellement à des particuliers leurs œuvres et réalisaient leurs ventes. Chaque créateur disposait de sa propre galerie virtuelle (il y avait même une fonctionnalité événementielle, avec des vernissages virtuels). Dorian touchait une commission sur chaque vente réalisée.

Son application avait très vite cartonné, notamment après une rencontre d'un soir qu'il avait faite. Certes, la relation n'avait pas été plus loin qu'une nuit. Mais ce *date*, qui travaillait chez Apple, avait été très intéressé par son application. Dorian la lui avait présentée en détail et avec passion son projet, lors de leur apéritif, avant de le ramener chez lui pour la nuit. Deux semaines plus tard, son application était propulsée sur l'App Store d'Apple en « App du jour ». Apple était toujours très friand de ces applications autour de l'art. Dorian ne revit jamais ce date, il ne se souvenait même plus de son prénom, mais il savait qu'il lui serait toujours redevable. Un coup de pouce qui avait fait toute la différence! Plusieurs centaines de téléchargements en moins de 24 heures avaient tout changé. Les premiers prix des œuvres vendues étaient autour de $250 pour une toile « amateure ». Tout le monde pouvait donc facilement accéder à une pièce unique. Après seulement un an, Dorian avait maintenant largement les moyens de revenir s'installer à San Francisco. Mais rien ne l'attendait là-bas, pensait-il, et il avait pris goût à sa nouvelle vie à Oakland.

Chapitre 18
Lior et Dorian

Dorian avait rendez-vous dans le centre de San Francisco pour rencontrer un grand designer de la ville. Ce matin-là, il prit le train vers 10h à la station d'Oakland City Center jusqu'au Civic Center de SF. Sur le chemin, il en profita pour appeler Kelly et David, ses anciens collègues du Whole Foods Market. Il avait oublié de leur dire qu'il venait passer la journée en ville. Il leur proposa à la dernière minute de dîner tous les trois dans un restaurant dans lequel ils avaient l'habitude d'aller une fois par mois quand ils travaillaient encore ensemble, pour *bitcher* et *gossiper* sur leurs collègues. Arrivé à San Francisco, de nombreux souvenirs firent surface. Il revenait très rarement ici. Il se souvenait de ses nombreuses années passées en ville, et surtout de ses derniers moments et du confinement.

Pas de nouvelles de David et Kelly. Il passa prendre un bagel et un café dans un petit restaurant proche de l'adresse ou il avait sa réunion. Il était bientôt l'heure de son rendez-vous. Il connaissait son discours par coeur. Il n'avait droit à aucune erreur, aucune hésitation, il devait impérativement signer cet artiste.

Soudain alors qu'il attendait qu'on vienne le chercher, une alerte s'afficha sur son téléphone.

ALERTE COVID - ALERTE CONFINEMENT
>>Voir les informations
San Francisco / Oakland / San Jose / Sausalito…

En cliquant sur le lien de la notification, on arrivait sur une page où le gouvernement de Californie expliquait qu'une nouvelle quarantaine serait appliquée dès 21h le jour-même, ce pour dix jours. Les villes de San Francisco, Sausalito, Oakland, San Jose et Sacramento étaient concernées. Il était habitué à ce type de message. En trois ans les alertes de confinement ou de couvre-feu étaient devenues la nouvelle norme. Dès que le nombre de nouveaux cas dépassait un certain seuil, le gouvernement confinait pour une durée limitée pour éviter les débordements dans les hôpitaux. Tout le monde avait appris à vivre avec. Tout le monde s'était organisé. En trois ans la vie à San Francisco avait beaucoup changé. Beaucoup avaient quitté la ville pour s'installer à la campagne ou dans de plus petites villes voisines. Le télétravail le permettant. Ce qui aidait aussi à limiter la propagation trop rapide des nouvelles vagues. Mais, ces confinements arrivaient encore tout de même. Il n'y en avait pas eu depuis trois mois, il aurait du se douter que cela se produirait bientôt. Il devrait revoir ses plans et ne pourrait pas dîner avec ses amis ce soir. Il attendait toujours dans le grand hall que l'artiste vienne le chercher. Il regardait sa montre il était déjà 14h. Il finissait son rendez-vous vers 16h, cela lui laisserait le temps pour faire deux trois courses et prendre le train de 19h en direction de Oakland.

Il n'eut pas le temps d'envoyer un message à ses amis que David écrivait déjà sur leur groupe whatsapp :

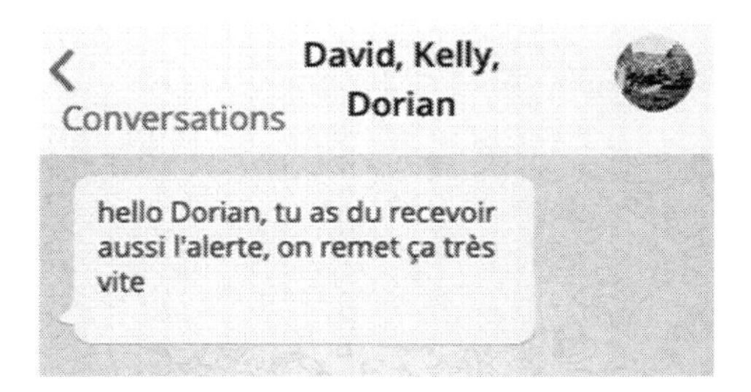

Il leur répondit qu'il avait hâte de les revoir, et que la prochaine fois ils se feraient ce dîner à Oakland dans un restaurant libanais qu'il avait découvert et qu'il adorait en bas de chez lui.
Il appela Michael son stagiaire qu'il avait maintenant embauché pour lui dire qu'il rentrerait plus tôt et que s'il voulait partir chez son amie le temps du confinement il n'y avait pas de soucis.

16h pile. Son rendez-vous se déroula parfaitement. Le photographe/peintre qu'il avait rencontré était séduit par le concept et l'opportunité que représentaient cette application pour faire connaître ses œuvres. La négociation fut elle un peu difficile. L'artiste souhaitant revoir les conditions d'exclusivité du partenariat et le pourcentage que prenait Dorian en commission sur les ventes. Dorian accepta, conscient de la visibilité et du trafic qu'allait lui apporter la présence de ses œuvres sur sa plateforme. Très heureux d'avoir signé ce nouveau contrat, il profita comme prévu du temps qu'il avait pour passer dans un magasin de sport et acheter tout le nécessaire à ses séances de Yoga à la maison. Il aurait préféré fêter ça autour d'une coupe de champagne avec Kelly et David. Il suivait depuis maintenant deux ans Taylor, son ancien coach de sport, qui s'était spécialisé dans le Yoga online. La pratique du Yoga était devenue essentielle pour Dorian, elle lui permettait de retrouver son énergie et de renouer avec lui-même.

Arrivé au magasin de sport, les étagères du rayon yoga et fitness étaient vides. Elles venaient de se faire dévaliser par les citadins suite à l'alerte annonçant le confinement. Il demanda au vendeur s'il avait d'autres articles en réserve. Il lui dit que non mais, discrètement car ils étaient devenus un sérieux concurrent, il lui parla d'un lieu où il pouvait peut-être encore trouver des équipements. Il lui indiqua une application à télécharger sur son smartphone qui permettait d'acheter en ligne des produits de sports locaux et de les récupérer dans plusieurs points de *pick-up* dans la ville. Le plus proche était à moins de 2 kilomètres en Uber. Il sortit son iPhone et téléchargea l'application. Cette dernière était poussée dans la catégorie sport. Cela lui rappela de bons souvenirs.

Quelques clics plus tard.

3 nouvelles tenues de Yoga, un tapis, 2 briques de yoga en Liège

Il en avait pour $307. La commande était payée et confirmée dans la foulée en un regard. Le lieu de ramassage des articles était le *flagship* de cette nouvelle *start-up*. Il lui était confirmé qu'il pouvait passer récupérer ses colis à partir de 18h. Il trouva cela très pratique et était très content à l'idée de rentrer chez lui ce soir avec tout son matériel. Cela lui laisserait le temps de rejoindre ensuite la station pour prendre son train pour Oakland et arriver à l'heure chez lui. Il allait attendre trente minutes dans le coin, boire un thé (il détestait l'odeur du café) et prendre ensuite son Uber en direction du magasin. À 17h40 au moment de commander son Uber, il sortit son iPhone et lut deux notifications de l'app qu'il avait ratées. La première : commande annulée, à peine trente secondes après avoir reçu la confirmation. La deuxième, cinq minutes après : commande validée - à récupérer à 18h pile. Un bug dans leur système, se dit-il. Le Uber arriva avec un peu de retard à 17h50. Il monta dans la berline noire et arriva quinze minutes après devant la boutique. Dans le Uber il en profita pour planifier son retour en train et réserver son ticket de BART.

Le chauffeur le déposa sur le trottoir en face de la boutique. Il aperçut le nom de l'entreprise sur la façade. HYN - Home You Need. Il décrocha sa ceinture et sortit du véhicule. En sortant, il regarda à droite à gauche avant de traverser et se concentra un instant sur son téléphone pour payer le chauffeur. Il ne savait pas faire deux choses à la fois. Il baissa son masque une seconde pour déverrouiller son smartphone. Pourquoi n'avait il pas encore inventé un moyen de déverrouiller son écran uniquement avec le regard ? Se demanda t-il. Une fois le paiement confirmé à l'aide d'un regard, il ouvrit l'application HYN pour sortir le QR code nécessaire afin de récupérer sa commande et remis son masque en tissu noir. Il était légèrement en retard mais la lumière venait tout juste de s'éteindre dans le magasin et quelqu'un était en train de sortir. Il était sûr qu'on l'attendrait. Il savait exactement comment il allait gérer la situation, si on lui faisait une remarque sur son retard. Il s'excuserait, avec la meilleure monnaie d'échange pour une *start-up* en guise d'excuses : la promesse de laisser un excellent commentaire sur l'application, accompagné de cinq étoiles et peut être même une story sur Instagram.

Le taxi s'en alla derrière lui. Dorian traversait la rue. A regarder l'écran de son téléphone il manqua de se faire renverser par une voiture électrique qui arriva de l'autre côté sans faire de bruit. Un grand pas en arrière, effrayé il leva la tête. Il aperçut le vendeur en face de lui sur le trottoir qui l'attendait. Tout du moins il pensait que c'était lui il ne voyait pas très bien. Il vérifia cette fois qu'aucune voiture n'arrivait et traversa à nouveau. Il était maintenant au milieu de la route. Il regardait tout droit. Plus il s'approchait de lui, plus les traits se définissaient sur son visage. Il salua au loin le vendeur.

C'est alors que, malgré le masque qu'il portait, il vit ses yeux.

Un flash.

En un instant il reconnut ce regard dont il avait tant rêvé. Il reconnut la couleur claire de ses yeux. Il reconnut ce regard rempli de gentillesse et très masculin. Il s'arrêta net en plein milieu de la route. Une voiture s'arrêta le klaxonnant, il s'en moquait. Elle le contourna en appuyant violemment sur l'accélérateur et l'insultant. Il n'entendit rien. Ce flashback le ramenant trois ans en arrière venait de le heurter de plein fouet.

Confinement.

Rêves.

Aaron.

En une micro seconde, toutes ses émotions, ses sentiments et ses souvenirs du premier confinement du printemps 2020 se réanimèrent en lui. En un instant il fut envahi d'amour, de passion et d'excitation. Il ne pensait pas cela possible. Il n'avait pas repensé à cette histoire depuis si longtemps. Et pourtant, alors que cette journée était comme beaucoup d'autres journées, le destin avait décidé qu'il était temps pour Dorian et Lior de se rencontrer enfin. De vraiment se rencontrer.

Dorian ne le savait pas encore, mais il ne retournerait pas à Oakland ce soir, ni aucun autre soir. Les fantasmes de Lior et Dorian allaient enfin laisser place au réel. Ce soir ils allaient vivre pour la première fois leur histoire éveillés.

Il finit de traverser la rue.

Dorian était maintenant face à Lior. Il n'y avait que quelques centimètres qui les séparaient l'un de l'autre. Ils se regardaient droit dans les yeux, de façon très intense. Dorian pouvait lire dans le regard de Lior que lui aussi avait compris. Qu'il se souvenait lui aussi de lui et de tout ce qu'ils avaient partagé. Et qu'ils avaient partagé la même histoire, le même rêve, le même amour. Que lui aussi l'avait retrouvé. Dorian ressentait tout ce qu'il ressentait.

Dorian retira son masque en premier. Lior put contempler les traits de son visage. C'était comme dans ses rêves. Des yeux marron foncé avec une pointe de vert, un regard profond et bienveillant à la fois. Un sourire éclatant, un peu comme celui de *Julia Roberts* dans *Pretty Woman*. Le genre de sourire qui vous fait tout de suite sourire se dit-il amusé. Une mâchoire aux traits carrés, très masculine. Une légère barbe grisonnante à certains endroits. Lior souriait derrière son masque. Il le reconnaissait maintenant. Il se souvenait à présent de ce vendeur qui l'avait aidé quelques mois auparavant au magasin où il allait le matin prendre son petit-déjeuner. Les choses prenaient sens. Ils avaient eu une connexion dans la vraie vie. Lior n'y avait pas prêté attention mais son inconscient oui. Et leur histoire s'était prolongée dans leurs inconscients et dans leurs rêves.

À son tour, Lior retira son masque. Dorian contempla à présent son visage qu'il connaissait très bien. Comme dans ses souvenirs et comme dans ses rêves, il retrouva ce visage fin, un visage d'ange et de démon à la fois. Il se souvenait parfaitement de ses traits et de ses yeux bleu clair perçants. Ils brillaient, Dorian devinait l'émotion que ressentait Lior. Il sourit en voyant le sourire de Lior.

Quelques secondes sans un bruit , sans un mot passèrent. Sans que Lior et Dorian ne se quittent des yeux. Tout aurait pu se passer autour d'eux, ils n'auraient rien vu. Ce moment qu'ils avaient tant rêvé, tant fantasmer, ils le vivaient. On dit que c'est au moment où on ne s'y attend pas que l'amour frappe. Pour eux, c 'était vrai.

Dorian se lança en premier.

- Je m'appelle Dorian.

Lior n'arrêtait pas de sourire. Il se mit à rire. Il n'avait jamais pensé au fait que Julian était un prénom qu'il avait inventé dans ses rêves. Il s'appelait Dorian. Ce prénom lui allait encore mieux. D'une voix timide et émue il lui répondit.

- Lior.

Le prénom de Lior signifiait la lumière est à moi. D'un seul coup, c'est comme si la vie de Dorian s'éclairait. Lior éclairait Dorian et il lui appartenait.

Alors, Dorian, sûr de lui, affirma :

- Lior, j'ai rêvé de toi et je crois que je t'aime.

Et si l'histoire de Lior et Dorian ne s'arrêtait pas là ? Que se passera-t-il ensuite ? Envie de continuer l'aventure ?

Découvrez **3 fins alternatives** gratuites via ce flashcode.

À propos de l'auteur

Florian Parent est né en 1987 en banlieue parisienne à Thiais dans le Val-de-Marne. Il a fait ses études à Paris, à la Sorbonne et s'est spécialisé en marketing et communication. Après plusieurs années passées à travailler dans l'industrie du cinéma chez Warner Bros, il s'est dirigé vers un autre univers tout aussi onirique, celui de la beauté et du luxe chez L'Oréal. Florian a toujours été passionné par les films, les séries et les histoires. Il est surtout passionné de les raconter. Voilà comment lui est venue l'idée d'écrire sa première nouvelle « Retrouve-moi ce soir ».

« Comme la plupart des Parisiens, j'ai décidé de passer le confinement seul chez moi. Je vis dans le 18e arrondissement à Montmartre. Je travaille dans le digital, mon activité était très dense pendant cette période. Je travaillais la plupart du temps dans mon salon. Je m'étais créé une nouvelle routine autour de mon travail, du sport et de la cuisine.

Un matin je me suis réveillé et j'avais fait un rêve. Un rêve qui me paraissait très réel. De là est né Retrouve-moi ce soir. Voici mon rêve.

Je devais récupérer des billets pour un concert auquel j'allais le soir même, avec la mère de mon meilleur ami. Elle et moi nous rendons alors dans un centre commercial proche de chez moi. Le magasin FNAC était sur le point de fermer. Il y avait des gens partout en face de la grille, à moitié fermée, comme dans ces vidéos du Black Friday aux États-Unis que l'on peut voir sur internet. Nous arrivons tout de même à nous faufiler parmi la foule et à entrer. Une fois à l'intérieur, contents de nous, je me dirige vers les bornes pour éditer moi-même nos deux billets. Les bornes ne fonctionnaient pas. J'essaye à plusieurs reprises, mais impossible. Un vendeur me voyant en difficulté, et certainement souhaitant fermer le magasin et que tous les clients se dirigent vers la sortie, s'approche alors de moi et de la mère de mon ami. Il m'explique qu'il n'est malheureusement plus possible d'éditer de places, car l'ordinateur central vient d'être éteint. J'insiste fortement, en expliquant que le concert est dans moins d'une heure. La mère de mon ami insiste à son tour, très triste de ne pas pouvoir aller voir le spectacle. Petit aparté dans ce rêve, une situation complètement improbable, il s'agit d'un groupe de rock des années 80 dont elle est fan. Si vous la connaissiez, vous rigoleriez. Bref, à ce moment-là, le vendeur me demande si je connais bien le centre commercial. Nous étions à Belle Épine, un centre commercial où j'ai passé mon enfance et adolescence, dans la ville de Thiais d'où je suis originaire, en banlieue de Paris. Je lui réponds que oui, plutôt bien. Le vendeur me propose alors de le retrouver au niveau des parkings près du cinéma. Il m'explique qu'il va s'arranger pour imprimer mes places, mais qu'il ne peut pas le faire devant ses collègues ni les autres clients. Je l'écoute à moitié. Je me perds dans ses yeux. Je suis sous le charme et je sens que lui aussi. Il est grand et a les cheveux rasés (un point du rêve très certainement inspiré par les nombreuses stories de mecs qui se rasaient la tête eux-mêmes sur les réseaux sociaux car ils ne pouvaient plus aller chez le coiffeur). Nous acceptons, n'ayant pas le choix et sortons de la boutique pour nous rendre au lieu de rendez-vous. Nous passons devant la salle de concert, le spectacle commençait dans quelques minutes. Le parking du centre commercial ne ressemble aucunement à ce qu'il est vraiment. Il a l'architecture d'un immense tunnel très obscur. Au bout, une très légère lumière éclaire et laisse deviner de grandes ombres. Alors je le vois. Il s'avance doucement vers nous, vers moi surtout, la lumière dans le dos. Face à nous, sans dire un mot, il me tend les places. La mère de mon meilleur ami est aux anges, et nous laisse un instant tous les deux seuls, comprenant ce qui se passe. Il me souhaite un bon concert et je le remercie pour tout ce qu'il a fait pour nous. Il me sourit en repartant, disparaissant dans le tunnel.

Comme Lior, à cet instant je me suis réveillé, assoiffé. Après avoir bu un verre d'eau dans ma cuisine, je suis parti me recoucher. Et comme cela peut parfois arriver, j'ai repris mon rêve là où il s'était arrêté. Enfin presque. Nous sommes le lendemain du concert. Je ne sais pas comment il a réussi, mais il a trouvé mon numéro de portable et m'a écrit un SMS me proposant de le retrouver pour déjeuner. Je nous vois encore à table en train de rire.

Il n'y a pas eu de suite après cela. Il ne s'est rien passé de plus. Mais cette histoire m'est restée dans la tête pendant plusieurs semaines. Persuadé que je tenais les bases d'un scénario. En effet, passionné par le cinéma, les histoires d'amour et la science-fiction, cela m'a donné envie d'en écrire les premières lignes pour un film ou un court métrage. C'est la première fois que je me prêtais à un tel exercice, et cela m'a fait du bien. Je me vois encore ce matin-là poser mon téléphone, lassé de perdre mon temps sur Instagram, attraper mon ordinateur portable et me poser sur mon bureau pour écrire ce rêve que je ne voulais pas oublier. Mon imagination a pris complètement le dessus et les mots, les scènes, me venaient au fur et à mesure que je tapais sur les touches de mon MacBook. Je me vois encore sur ce balcon à regarder au-dessus de mon écran, l'air captivé, comme si je voyais le film se dérouler au loin, devant mes yeux et que je devais me dépêcher de le mettre sur le papier pour n'en rater aucun passage. Je ne savais pas où j'allais, mais je ne pouvais plus m'arrêter. Car oui, je l'ai écrit comme un film. Et les jours et semaines passaient. Dès que je fermais les yeux, l'histoire continuait. Aucune hésitation, l'histoire se nourrissait de mon univers, de ce qui m'entoure, de mes aspirations, de mes valeurs, de mes passions, de mes voyages, de mes amis. Et ma créativité, mon imagination et les centaines de séries et films que j'ai pu voir s'y sont intégrés… Et finalement, plus les pages avançaient, plus le scénario de mon film se transformait en mon premier livre.

Retrouve-moi ce soir n'aurait jamais dû être un livre. Tout du moins, je ne me suis jamais considéré comme un écrivain et je n'avais jamais pensé à un tel projet avant RMCS. Pour cela, il apporte un ton et un style différent de la littérature moderne. Une action vivante proche d'un long métrage ou d'une série. Une précision dans certains détails pour vous permettre au mieux de visualiser les personnages et leurs émotions comme j'aurai aimé que vous les découvriez sur un écran. Il ne manquait que la musique pour vous transformer en spectateur dans ce roman. Certains morceaux de musique sont suggérés afin de vous faire vivre au mieux les scènes présentées. Le reste du temps, imaginez des compositions modernes au piano, parfois chantées, un mélange de Yann Tiersen (Le fabuleux destin d'Amélie Poulain), d'Alex Beaupin (Les chansons d'amour) ou encore Ludovico Einaudi (Intouchables).

Ce livre s'adresse à chacun de nous. Nous sommes tous Lior. Garçon ou fille, il ne s'agit pas de genre ou d'orientations sexuelles. Il ne s'agit pas de communauté. Il s'agit d'une nouvelle réalité qui frappe depuis plusieurs années nombre d'entre nous. Les réseaux sociaux et la consommation ont modifié nos codes et notre façon de faire des rencontres. Ils ont psychologiquement impacté notre conception de l'amour et notre vision des relations. Nous recherchons toujours mieux, tout le temps. Je partage le fait qu'il est important d'en avoir conscience pour pouvoir avancer et prendre le temps de se connaître vraiment et de comprendre ce qu'on attend, afin ensuite de pouvoir vraiment donner sa chance à ce que la vie nous propose.

Toi qui me lis, tu n'as pas idée à quel point je suis heureux d'avoir partagé cette histoire avec toi. J'espère que tu auras pris autant de plaisir à t'évader avec Lior et Dorian, que j'ai pu en prendre à leur offrir cette aventure et écrire cette histoire.

À ton tour de rêver. »

DU MÊME AUTEUR

NE PARS PAS

Un appel du passé pourra-t-il sauver leur avenir ?

7 décembre 2034.
Lucas contemple le coucher de soleil sur l'océan. Comme tous les soirs, il s'évade face aux couleurs qui lui rappellent son histoire avec Paul. Un amour tragiquement détruit 3 ans plus tôt. Mais ce soir, Lucas a décidé qu'il était de temps pour lui de tourner la page. Alors qu'il s'apprête à se détourner de ce spectacle de lumières, son téléphone sonne. Un appel inconnu, sans numéro. Hésitant, il frôle de son doigt l'écran pour décrocher et approche l'appareil de son oreille :
"Ne pars pas."
Lucas n'entendra rien d'autre que ces trois mots avant de s'effondrer sous le choc de cet appel surnaturel.
Comment Paul peut-il être revenu dans sa vie ?
Et dans quel but ?

Une histoire d'amour qui entraînera Lucas et Paul dans une course contre la montre surnaturelle pour tenter de sauver leur avenir.

Ne Pars Pas (2021)
Disponible sur amazon.fr et florianparent.fr

© Florian Parent 2020. Tous droits réservés. L'œuvre et ses personnages sont protégés par la propriété intellectuelle. Copie déposée et protégée sur mapreuve.com Reproduction interdite.
Couverture réalisée à partir de photos libres de droits à usage commercial ou non-commercial sans permission préalable.
Source : https://unsplash.com.
Montage couverture réalisé par Florian Parent.
Photos Auteur : Crédits Ivan Kricak @ivan.kricak
Toutes les marques citées sont des marques déposées qui appartiennent à leurs détenteurs.
Disponible également en anglais, papier et eBook : « Meet Me Tonight ».

Printed in Great Britain
by Amazon